ことのは文庫

おまわりさんと招き猫

あやかしの町のふしぎな日常

植原 翠

JN250316

MICRO MAGAZINE

CONTENTS

おまわりさんと招き猫

あやかしの町のふしぎな日常

おいでませ、かつぶし町

午前十時、交番の引き戸の向こうに、晴れた空が見える。どこからともなくほんのり漂う、潮風の匂い。

「パトロール行ってきます！」

出かけようとして敬礼する僕に、返事をするのは。

「うにゃ、小槙《こまき》くん」

眠くなるような、のんびりまったりした声。

「出かけるならついでに、吾輩におやつを買ってきてほしいですにゃ」

椅子に載った座布団の上で丸くなっている、ふっくら太った猫だ。白地に明るい茶色の模様が入っていて、先だけ色の入った尻尾はぽってりと短い。金色の目を細めて、こちらを見上げている。

「あのねえ、おもちさん……」

僕はそのふわふわの額をぽんと撫でた。

「僕は遊びに行くんじゃないんですよ。お仕事です、お仕事」

「ナデナデなら顎の下をお願いしますにゃ」

「あ、はい」

注文をつけられたとおり、こしゃくな口の下に手を入れて、指をひょこひょこ動かす。

おもちさんは気持ちよさそうに目を瞑《つむ》り、喉を鳴らした。

「おやつは鰹節《かつおぶし》がいいですにゃ。新鮮なのがなかったら、ちりめん干しか、釜揚げしらすでも可ですにゃあ」

「はいはい……って、だから。お仕事に行くんですって」

この口を利く猫――おもちさんは、どうも僕のことを手下か子分かなにかだと思っている。

「お、小槇。おもちさんと遊んでるのか」

背後から、落ち着いた低い声が話しかけてきた。おもちさんから顔を上げると、後ろには湯のみを持った中肉中背のおじさんが立っている。

「笹倉《ささくら》さん」

白髪交じりの短髪に、やや皺の入った浅黒い肌。眠そうな垂れ目によく似合う、力の抜けた声色。僕の上司、笹倉さんだ。彼はちょっと意地悪く片頬を吊り上げた。

「遊んでるなんて、随分余裕だなあ。仕事はもちろん順調なんだろうな？」

「パトロールに出ようとしたら、おもちさんが引き止めてきたんですよ」

「吾輩は小槙くんにお使いを頼んだだけですにゃ」

ゴロゴロ喉を鳴らして言うおもちさんを一瞥し、笹倉さんはにへっと相好を崩した。

「そっかそっか。じゃあ小槙、俺にもおやつの煎餅買ってきて」

「笹倉さんまで……」

この人はどうも、ぽやんとしている。素面なのに、常にどことなくほろ酔い状態みたいな態度なのだ。

おもちさんも笹倉さんも、なんというかマイペースだ。僕はおもちさんの頭をひと撫でし、再度敬礼をした。

「では、行ってきます!」

「行ってらっしゃいですにゃ」

手を振る代わりにふよふよと尻尾を振ったかと思うと、おもちさんはすぐ寝息を立てはじめた。やっぱり、どこまでもマイペースな奴だ。猫だから仕方ないか。


二週間ほど前。その日、僕、小槙悠介《ゆうすけ》は、春の異動でこの町にやってきた。二十五歳、警察官になって最初に配属された交番からの、初めての異動だった。

「今日からお世話になります、小槇です！　よろしくお願いします！」

ここ、かつぶし町は、下町情緒溢れる海辺の町である。中心に位置する商店街はいつでも人で賑わっており、どことなく懐かしい風情が残る、人情味のある町だ。

そんな町の入口にぽつんと建っているのが、僕の勤務する「かつぶし交番」だ。

「はいよ。よろしくね」

緊張気味の僕とは裏腹に、直属の上司である笹倉誠一郎《せいいちろう》さんは初日からのんびりまったりしていた。デスクにおやつの煎餅を広げ、椅子に深めに腰を沈めている。その椅子を回転させて、くるりとこちらに体を向ける。

「肩の力抜いていいよ。お菓子食べる？」

「お、お菓子ですか。いただきま……」

そんな彼の膝の上に、僕はまんまるな毛玉を見つけた。

「わっ、猫だ」

「こいつがここで丸くなっちゃったから動けねえや。おもちさんって名前なんだ。かわいいだろ」

笹倉さんはそう言って、僕にサラダ煎餅をひとつ、差し出してきた。へらへら笑う笹倉さんと、丸くなって目を閉じる猫とを交互に見つつ、煎餅を受け取る。

「びっくりした。猫がいるとは思わなかったです」

「あれ。小槙、猫苦手？」

「いえ、そんなことはないです。かわいいですね。交番で飼ってるんですか？」

「ああ、うーん。飼ってる、のかな？　おもちさん、どうなの？」

笹倉さんは僕の質問に答えているのかいないのか、膝の上の猫自身に問いかけた。かわいらしい冗談を言うおじさんだなあ、なんて思っていたら、猫がゆっくりと顔を上げた。

「どっちでもいいですにゃ」

「……えっ」

瞬間、僕の思考は停止した。

今、猫が喋った？

「吾輩はあったかい寝床とおいしいごはんがあるから、ここにいるというだけですにゃ」

「そうかいそうかい。まあそうだよなあ」

笹倉さんがぽんぽんと猫の背中を撫でる。猫はまた、頭を下ろして丸まった。僕は数秒絶句し、頭の中が宇宙になった。

いや、まさか。猫が人語を話すなんて、有り得ない。笹倉さんが猫に台詞を付けて、新入りの僕をからかっているに違いない。

「笹倉さん、腹話術できるんですか？」

「ん。挑戦しようと思ったことすらないよ」

「うん……？」

再び頭の動きが鈍くなる僕を見上げ、猫はぴくんと耳を立てた。

「小槇くん、と言いましたかにゃ」

「うわっ」

はっきりと名前を呼ばれて、改めて驚く。猫は重たそうな瞼を開き、金色の瞳をこちらに向けた。

「今日からこの交番の一員になると聞いておりますにゃ。何卒、よろしく頼みますにゃ」

「え、あ……はい」

とりあえず、僕は猫に会釈をした。

「……と、あの。笹倉さん」

「ん？」

「猫、喋ってます？」

なにが起きているのかは、まだ理解が追いついていない。猫が言葉を話しているように見えるのだが、そんな現実があるとは思えない。上司のいたずらと考えるのが自然だけれど、トリックが分からない。となれば、これは夢なのか？

笹倉さんは膝の上の猫を撫でた。

「小槙、喋る猫、初めて見た？」

「初めてですよ。その言い方、こういう猫ってよくいるもんなんですか？」

「さあ。俺もこの交番に来て初めて出会った。おもちさん以外には見たことない」

笹倉さんは、骨ばった指で猫の背をなぞっている。

「でも喋るもんは喋るんだし。いいんじゃねえか？」

「は、はあ。そうですね」

笹倉さんがあまりにも平然としていて、猫も当たり前のように言葉を話すから、僕も騒ぐタイミングを失った。

どう考えても、不思議なことなのに。


そんなこんなで二週間。僕はその、おもちさんのいる交番に勤めている。今のところ、猫がいること以外には変わったことはない。道に迷った人を案内したり、町をパトロールしたりと、以前勤めていた交番とさほど変わらない日々を送っている。猫がいる以外の違いを強いて言うなら、前の交番より平和、といったところだろうか。

自転車のスタンドを蹴って、少し助走をつけてからサドルに飛び乗る。青い空が抜けるように高くて、春の陽射しが暖かい。商店街へと延びるアスファルトの道を、ペダルを漕いで進んでいく。

　商店街に入る。今日も買い物客で賑わっていて、通りの左右に並ぶ店からは快活な売り子の声が飛び交っていた。

　このかつぶし商店街の目抜き通りを直進すると、かつぶし神社に突き当たる。宮司の常駐しない小さな神社なのだが、立派な朱塗りの鳥居と長い石段は、かつぶし町のシンボルのひとつになっている。このかつぶし神社で折り返し、帰りは住宅街を巡回、東の川の土手を行って、最後に海辺の様子を見て、交番に戻る。これが僕の主なパトロールルートだ。

　ふいに、空気がほんのりと香ばしいコロッケの匂いに変わった。少し先に、「お惣菜のはるかわ」があるのだ。食欲をそそるこんがりした匂いが鼻腔を擽って、僕の足は自然と誘《いざな》われていた。こんな匂いを嗅いだら、朝ごはんをしっかり食べてきたにも拘《かかわ》らずお腹が空いてしまう。

「あら、小槙くんじゃないの！　いいところに！」

　惣菜屋さんのおかみさんが、僕に気づいた。ショーケースの上に腕を乗せて、こちらに手を振ってくる。

「ちょうど今、交番にこれ届けようと思ってたところ。持っていってくれる？」

「こんにちは。なんですか？」

拾得物かな、などと思って近づくと、おかみさんは両手で惣菜パックを持ってこちらに差し出してきた。

「じゃーん、お魚の残り。おもちちゃんに持っていって！」

パックの中身は、身を解された焼き鯖だった。焼き目がきれいで、白い身は軟らかそうである。僕はつい、くすっと笑った。

「交番に届けるっていうから、落とし物でもあったのかと思いました。ありがとうございます、おもちさん、喜ぶと思います」

「いいのよ。おもちちゃんはかわいいし、懐っこいし、この町のマスコットみたいなものだからね。私たちも、おもちちゃんにはお世話になってるのよ」

この地域は、人と人との距離が近い。ご近所同士の仲が良いのだ。いかにも古き良き下町といった空気が、のびのびと流れている。

惣菜屋さんのおかみさんが、パックを白い袋に詰める。僕がそれを受け取った、そのとき。背中にとんっと軽い衝撃があった。

「どーん！」

「わあっ」

振り向くと、黄色のパーカーを着た若い男の子が、こちらに両手を突き出していた。

「春川《はるかわ》くんか。びっくりした」

「こんちは、小槇さん」

いたずらっぽく笑う彼に、おかみさんはくわっと声を荒らげた。

「こら、俊太《しゅんた》！　小槇くんを驚かさないの！」

叱られたパーカーの少年は、誤魔化し笑いを浮かべて両手を頭の後ろで組んだ。

「母ちゃんうるせー」

僕よりやや背が低い、童顔の少年。高校に上がると同時に染めたという少し明るめの髪が、やんちゃな笑顔によく似合う。

おかみさんがカウンターから身を乗り出す。

「お使いはちゃんと済ませたの？」

「買ってきたよ」

春川くんは、このお店のご夫婦の息子である。今年で高校二年生になる。羨ましいことに、現在春休みの真っ最中だ。

ふたりのやりとりを眺めていると、ふと視界の端に、白い丸い影が映った。そちらを振り向いて、あれっと声を洩らす。

「おもちさんじゃないか」

短い尻尾と薄茶の模様、間違いない。商店街の真ん中を、のそのそと歩いて僕の背後を通過していく。

おもちさんは僕の声をスルーしたが、春川くんは反応した。

「マジ？　あっ、本当だ！」

「さっきまで交番にいたけどなあ。散歩かな？」

僕が惣菜屋さんで立ち話をしているうちに、おもちさんもお出かけしたのか。おもちさんの後ろ姿をぼんやり見ていると、横で春川くんが真顔になっていた。買い物袋を店のカウンターへ置き、おもちさんに視線を定める。

「よし！　追いかけるぞ、小槇さん」

「え。なんで？　ほっといても帰ってくると思うけど……」

普通の飼い猫ならいざ知らず、あれはおもちさんだ。口を利く分、ただの猫とは違う。迷子になってしまうことはないだろう。

しかし春川くんは、それを心配しているわけではないようだった。

「知らないの!?　おもちさんのおでこを撫でると、願いが叶うんだぞ」

「なんだそれ」

至って真面目な顔の彼に、僕は素《す》っ頓狂《とんきょう》な声で返した。

「僕、さっきおもちさんのおでこ撫でたよ。顎の下を撫でてくれって要望出された」

「じゃあ小槇さんの願い事、叶うかもね」

春川くんが声を張る。そして彼はおもちさんの行く道を駆け出した。

「おもちさん、待って！」

「追いかけなくても、交番に来てくれれば大体いつもいるのに……」

「俊太、宿題はやったの!?」

おかみさんがまた母親の顔になって叱るも、彼はへっちゃらだ。

「少ないから平気！」

「小槇くんはお仕事中なんだから、邪魔しちゃだめでしょ！」

おかみさんが頭を抱える。春川くんは軽い足取りで先を行き、声だけ投げてきた。

「別にいいよな！　俺の散歩コースとおもちさんの散歩コースと、小槇さんのパトロールのコースがたまたま一緒だってだけ！」

「はは。そうだね」

僕は先程貰った鯖の入ったパックを自転車のカゴに入れた。

「これ、ありがとうございます」

おかみさんに会釈して、僕は自転車を引いて歩き出した。

駆け足する春川くんを追って、商店街の端を歩く。春風が吹いて、お花屋さんの店先から小さな花びらが飛んでくる。春川くんは上空を見上げ、だんだんと歩みを緩めた。

「春休み明け、早々テストなんだよ。やんなるなあ」

「じゃ、こんなことしてないで勉強しないとじゃない？」

速足をやめた彼に追いつき、隣に並ぶ。横にいる僕に顔を向け、春川くんはやる気のない声を出した。

「それが嫌だから散歩してるんだよ」

「君ねえ……」

人懐っこい春川くんをはじめ、この町の人々は温かい。まだかつぶし交番に異動してきて間がない僕も、こんなふうに馴染ませてもらっている。

「そういや春川くん。新曲はどうなった？」

徐ろに問いかけると、春川くんはぱっと目を輝かせた。

「ばっちり！　新入部員が滝のように入ってくるぜ」

春川くんは、学校では軽音部に所属している。ギター兼ボーカルだ。

「小槙さん、うちの部の演奏まだ聴いたことないよな。文化祭来てよ！」

「そうだねえ」

「と、その前に部員を確保しないと。先輩たちが卒業して、いよいよ廃部の気配が近づいてきてる」

春川くんの軽音部は、彼を含め部員が三人しかおらず、廃部の危機にひんしているらしい。ギター兼ボーカル兼作曲担当、さらに新学期からは兼部長の春川くんは、今年の部員勧誘に全身全霊をかけている。

「そこで！　おもちさんのおでこを撫でて、新入部員獲得祈願をだな！」

「ああ、そこに繋がるんだね」

僕はほう、と間抜けな感嘆の声を洩らした。

くすんだレンガ色の歩道が続いている。町の人々の話し声や店の呼び声、上空を飛ぶ鳥の影、僕の自転車の、錆びたチェーンの音。

ふと、おもちさんが立ち止まった。外の掃除をしていた床屋さんのご主人、斎藤《さいとう》さんを見上げている。斎藤さんがなにか言って店の中に入っていき、おもちさんはその場に丸くなった。

おかげで、僕と春川くんはおもちさんに追いついた。よく見れば向こうも僕らに気づいており、顔をこちらに向けている。

「なんですかにゃ」

「そっちこそなにしてるの」

僕が聞き返すと、おもちさんは耳をぴくぴく動かして答えた。

「散歩ですにゃ」

「さっきまで交番で『一歩も動きたくない』って顔してたのに」

「さっきまではそうだったですにゃ。でも、気が変わったから散歩に出た。それだけですにゃ」

おもちさんは猫である。それも、いかにも気まぐれな性格の猫だ。こうやって気分次第で、自由気ままに行動する。

そこへ、床屋さんの主人の斎藤さんが店から出てきた。

「おお、小槇くんと惣菜屋の小僧じゃないか」

「こんにちはー！」

「こんにちは」

春川くんが片手を上げ、僕はぺこりと会釈した。斎藤さん、土間箒を片手に、反対の手には煮干の入った袋を持っていた。

「ほい、おもちさん、お待ちかね。煮干だよ」

斎藤さんがおもちさんの前にしゃがみ、煮干をひとつぶら下げる。おもちさんは丸い顔を上げて、煮干にかぶりついた。

「いただきますにゃあ」

なるほど、立ち止まった理由はこれか。斎藤さんに煮干があることを告げられて、貰えるのを待っていたわけだ。春川くんが斎藤さんの隣にしゃがむ。

「おお、よかったな、おもちさん」

僕も自転車を道の端に停めて、春川くんと斎藤さんに続いて、おもちさんを囲んで座った。

「おやつなら僕が買ってくるのに」

先程僕に催促してきた上に、こうして他の人からもおやつを貰っている。おもちさんはもぐもぐと煮干を噛み砕いている。

「いただけるものはいただくのが礼儀ですにゃ」

「図太いなあ」

呆れ顔の僕を見て、斎藤さんが笑い飛ばした。

「いいのいいの。おもちさんはこの町の皆の猫だからな」

それから彼は、皺の多い顔を僕に向けた。

「おもちさんに食べ物あげると、開運効果があるらしいしな！」

「そうなんですか？　だから皆、おもちさんにおやつくれるのかな」

僕は自転車のカゴの中の鯖を一瞥した。

「おもちさん、そんな力があるの？」

おもちさん本人に尋ねてみる。おもちさんは煮干をもぐもぐと噛み、飲み込み、口を開いた。

「おやつをくれる人は、皆好きですにゃ」

「返事になってないよ」

おでこを撫でると願いが叶うとか、おやつをあげると開運だとか。おもちさんには、なにかと色んなおまじないがついて回っている。

そこで急に、斎藤さんが煮干の袋の口を縛った。

「はい、終わり」

途端に、おもちさんが目をまん丸くする。

「まだひとつしか食べてないですにゃ！」

「残りは運動の後で。これ以上太っても大変だ」

「もうちょっとだけ！　ちょっとの半分でもいいですにゃ！」

前足を上げて煮干の袋を引っ掻こうとしているが、斎藤さんはおもちさんの手が届かない高さまで掲げている。そしてその高さのまま、僕の方へずいっと煮干の袋を突き出してきた。

「小槙くん、残りの煮干持って帰ってくれ」

「すみません。ありがとうございます」

煮干が僕の手に移動すると、おもちさんの目も僕に移った。

「小槙くん！　ちょっとの半分の半分でもいいですにゃ！」

「後でね」

「ドケチですにゃ……」

ねだっても貰えないと分かったらしい。おもちさんは丸い前足を胸の下にしまい、香箱座りになった。不服そうに耳を下げているおもちさんに、春川くんがそっと声をかけた。

「おもちさん、おでこを撫でさせて。願いが叶うんだよな」

「ふむ」

おもちさんは金色の目を細めて春川くんを見つめている。しかしすぐにぷいっとそっぽを向いてしまった。

「今そういう気分じゃないですにゃ」

おもちさんは猫である。それも、いかにも気まぐれな性格の猫だ。僕は頭の中で、先程思ったのと同じフレーズを繰り返した。

絶句する僕と春川くんを置いて、おもちさんはしまっていた足を伸ばして歩き出した。

「床屋くん、ごちそうさまですにゃ。吾輩は引き続きお散歩を楽しむとするですにゃ」

春川くんも勢いよく立ち上がる。

「えー！　撫でさせてくれないのかよ！　俺、どうしても新入部員に来てほしいんだよ」

「実力で勝ち取ってくるのにゃー」

非情にもおもちさんは、振り向きもせずにすたすた去っていく。しかも酒屋の塀にぴょこっと飛び乗り、反対側へ降りて姿を消してしまった。

丸っこい後ろ姿が消えた塀を睨み、春川くんがむくれている。しかし、この程度で諦める彼ではない。

「この向こう側なら、裏通りを抜けてすぐ、かつぶし公園だよな。おもちさんのことだから、公園のベンチで休憩するつもりかな。行こう、小槙さん」

真剣な顔で促す春川くんを見て、斎藤さんがガハハと豪快に笑った。

「お前さん、勉強にもこのくらい一生懸命になってくれればなあ！」

「うるさいなー！　もう、おもちさんを追うぞ」

春川くんは斎藤さんにべっと舌を出し、おもちさんを追って駆け出した。

斎藤さんから受け取った煮干を持って、僕も立ち上がる。自転車のカゴに煮干を入れて、改めて斎藤さんにお辞儀をする。

「ありがとうございます！」

「こっちこそ。いつも町のパトロール、ありがとうな」

「小槙さーん、早く！」

いつの間にか数メートル先まで行っていた春川くんが、パタパタと足踏みしている。春川くんに続いて、僕も自転車のスタンドを蹴って駆け出した。カゴの中で焼き鯖のパックと煮干の袋が跳ねて、パコンと軽い音を立てた。

春川くんは僕を手招きして、駆け足になった。

「公園までの近道、知ってる。先回りしよう」

斎藤さんと別れて、床屋さんのすぐ脇の路地へと入る。車一台が通り抜けられる程度の道で、ここを抜けると商店街の裏通りへと出るのだ。

「公園に行った可能性は高いけど、その前にさっきみたいに、寄り道するかもしれないな。皆、おもちさんに食べ物やるの好きだからな」

　春川くんが話しながら駆けていく。僕は自転車を引いて、彼の後ろ頭を追う。

「開運だっけか。おもちさん、撫でると願いが叶うとか、おやつあげると開運だとか、いろいろ言われてるね」

「おもちさんってその辺の猫と雰囲気違うから、そう言われてるんだろうね」

「雰囲気が違う……うん、まあそうとも言うか」

　僕は春川くんの背中に、ぽつりと疑問を投げた。

「あのさ、ずっと訊いてみたいと思ってたんだけど」

「ん？」

「おもちさんって、なんなの？」

　かなり直球な質問になった。春川くんが一瞬、顔だけこちらを振り向く。

「なにって、猫」

「でも会話ができるし、願いを叶えるとか言われてるし……少なくとも、ただの猫ではないよね？」

　春川くんに限らず、この町の人たちはおもちさんを当然のように受け入れている。上司の笹倉さんも、付き合いが長いからなのか平然と順応している。笹倉さん曰く、「でも喋るもんは喋るんだし。いいんじゃねえか？」とのことだ。

しかし正直僕は、未だに不思議でならない。二週間かつぶし交番に勤め、毎日のようにおもちさんを見ているからいちいち突っ込まないが、やはり意味が分からない。

「春川くんは、おもちさんが言葉を話してるの、なんとも思わないの？」

「俺もおもちさん以外の猫が喋ってるところは見たことない」

春川くんが虚空を仰ぐ。

「でも、小さい頃からおもちさんはあの交番にいたし、その頃から人間の言葉を話してたから、それが普通っていうか。今更なんとも思わない」

幼い頃からおもちさんに慣れているから、気にもならないというわけだ。

「そっか……初めて見たとき、驚かなかった？」

「うーん、物心ついたときにはすでに当たり前だったからなあ」

「物心ついたときから!?　おもちさんって、そんなに前からこの町にいるの!?」

猫の寿命には詳しくない僕だが、高校生の春川くんが物心がついた頃からいるとなると、おもちさんは結構長生きなのではないか。驚く僕に、春川くんはさらに驚愕の事実を付け足してきた。

「親父が子供の頃からおもちさんはあの交番にいるよ」

「えっ……ええ!?　おもちさん、僕より歳上……!?」

だめだ、聞けば聞くほど謎が深まっていく。本当に猫なのだろうか。いや、言葉を話す時点でただの猫ではないけれど。

「もしかして、妖怪なのかな」

ひとり言を呟いて、僕は自転車のカゴの中の鯖に目を落とした。自転車のタイヤが小石をはねるたび、パックがぽこぽこと小さく弾む。春川くんは、んー、と唸った。

「猫の妖怪……化け猫とか、猫又とかってやつ？」

「その類かなあ。そうだとしても、実在してるとは思わなかった」

「そうだねえ、なんなんだろうな」

幼い頃からおもちさんを知る春川くんですら、はっきりとは分からないのだ。

商店街の裏通りを抜けて、角を曲がり、かつぶし公園へと辿り着いた。遊具といえば砂場とブランコ、滑り台、シーソーがあるだけの、小さな公園である。あとは、木々の下にぽつぽつ、ベンチが配置されているのみだ。砂場に幼稚園児ほどの子とその母親がいるのと、あとはボールで遊んでいる小学生がふたり。端っこのベンチで休憩のコーヒーを飲んでいるサラリーマンがひとり。

春川くんの予想どおり、おもちさんはここに来ているのだろうか。僕らは公園内に入っておもちさんの姿を捜した。と、春川くんが急に立ち止まった。パーカーのポケットから携帯電話をつまみ出し、鬱陶しそうに睨む。

「電話だ。母ちゃんから」

ブーブーと振動する携帯を僕の方に掲げて、彼はそれを耳に押し当てた。

「はい……えー、買い忘れ？　なんだよもう、俺だって忙しいのに」

文句を言ったり頷いたりした後、彼は電話を切ってため息をついた。

「母ちゃんからまたお使い頼まれた。さっきの買い物リストに、たまごを書き忘れてたんだって」

「そっか。じゃあ今日のところはおもちさんは諦めようか」

「折角ここまで追いかけてきたのにー」

「まあまあ。普段は交番にいるから、会いたいときは交番においで」

不服を言いきれない春川くんは、僕に宥められてようやく観念した。まだ不満そうではあったが、大人しく踵を返す。

「そんじゃ、買い物行ってくる。じゃあね小槇さん。またね」

「うんうん。気をつけてね」

春川くんは後ろ髪を引かれつつも、ゆっくりと公園を出ていった。ひとりになった僕は、自転車に体重を預けてひと息つく。

木々の揺れる音と、遊んでいる子供の笑い声が聞こえる。日差しが暖かくて、風が柔らかくて、のどかだ。

パトロールに戻ろうか、と思った矢先、遊んでいた子供たちがわあっと歓声を上げた。

「猫！　おもちさんだ」

「本当だー！」

ボール遊びをしていた子供たちが、遊びを一旦止めて駆けていく。ふたりが向かう先を目で追うと、いちばん東の木陰のベンチに、ころんとした毛玉が鎮座しているのを見つけた。白くて丸いもちもちした体に、焼き目みたいな薄茶の模様。遠目に見ると、本当に餅みたいだ。僕はぷっと噴き出した。

「春川くんの予想、的中じゃないか」

子供たちがおもちさんを取り囲む。背中を撫でたり話しかけたりして、おもちさんを構っていた。おもちさんはというと、眠たそうに背中を丸めている。

僕もベンチに近づくと、子供たちは僕の方を振り向いた。

「おまわりさん、こんにちはー！」

「こんにちは！」

「はい、こんにちは」

ふたりの子供たちににこりと笑いかける。おもちさんを撫でていた子供のひとりが、はにかんで言った。

「あのね、おもちさんってね、肉球に触るといいことが起こるんだよ！」

「おお、またもやおもちさんに言い伝え……」

おでこを撫でると願いが叶う、おやつをあげると開運、肉球に触るといいことがある。一体何パターンあるのやら。

僕の声を聞いて、丸まっていたおもちさんはのんびりと顔を上げた。

「小槙くんも、吾輩に御用ですかにゃ？」

「僕は特に、そういうつもりはないよ」

「そうですかにゃ」

おもちさんはあっさりした態度で僕をあしらうと、左の前足をちょっとだけ浮かせた。そして自身を撫でる子供たちの手に、順番にぽんぽんと肉球を押し付ける。途端に、ふたりの子供は目を輝かせた。

「やったー！　ありがとう、おもちさん！」

「肉球、触れたね！　これでサッカー、上手になるかな」

「勝負しようぜ」

彼らはボールを小脇に抱え、再び駆けていった。広い場所へ出て、ボールの蹴り合いを再開する。僕はひとまず自転車を端に停め、おもちさんと並んでベンチに腰を下ろした。

「おもちさんにまつわる言い伝え、本当なんですか？」

真上の木々がさわさわと風に揺れて、ベンチに落ちた光の粒がゆらゆらと形を変える。おもちさんの背中にも、木洩れ日の模様が浮かんでいた。

「小槇くんはどう思うですかにゃ？」

「うーん……おもちさんにそんな力があるとは思えないけど、あっても今更驚かない……。普通の猫じゃないから、そういう不思議な異能力、持ってるかもしれないな、と思います」

曖昧な返事をして、上空を見上げた。葉の隙間から溢れてくる、日の光が眩しい。おもちさんは、眠たそうな声で言った。

「定義に近いものは、見つかったですかにゃ？」

「ん？」

なにを問われたのか、すぐには理解できなかった。鼻を鳴らすような相槌を打つと、おもちさんは続けた。

「失敬。小槇くんが、吾輩がなんなのか、当てはまる定義を探していたように見えたもので」

「おもちさんって意外と、人のことよく見てますよね」

おもちさんは、なんなのか。

口を利いて、ちょっと生意気で、やたらと長生きで、願いを叶えるとか開運だとかいいことが起こるだとか、生きたパワースポットとなっている。妖怪なのか、なんなのか。少なくとも、ただの猫ではない。

だが、「これだ」と型に嵌《はま》るものが思い浮かばない。

「おもちさん自身は、ご自分のことをなんだと思ってるんですか?」

「『そういう猫』、ですにゃ」

「そういう猫かあ……」

とはいえ喋っているのも長生きなのも、事実だ。それが不思議なことでも、僕の理解を超えていても、事実は事実なのだ。

「まあ、あれこれ考えなくていいのかな。おもちさんは『そういう猫』なんですよね」

それで納得がいくかといえば嘘になる。やはり不思議なものは不思議だ。

「おもちさんは、いつからこの町に住んでるんです?」

質問を変えてみた。おもちさんは目を糸みたいに細くして、眠たそうに答える。

「忘れたですにゃ」

「春川くんが言うには、お父さんが子供の頃にはすでに、おもちさんはこの町にいたって」

「そうだったかもしれないですにゃあ。長いことここにいるから、どれくらい時間が経ったか、もう覚えてないですにゃ」

子供たちが蹴った黄色いボールが、砂利の上を跳ねながら転がる。僕は意味もなく、それを目で追っていた。おもちさんはというと、うつらうつらと船を漕いでいる。

「かつぶし町は居心地がいいのですにゃ。気がついたらずっと、ここにいてしまうのですにゃ」

「そうですね、居心地のいい町というのは、分かります」

平和で、人々の温もりがあって、どことなく懐かしい。こんな不思議な猫のことも、誰も騒ぎ立てたりせず、町のマスコットとして受け入れている。この町は、そういう町だ。

数秒目を瞑り、僕は腰を上げた。パトロールに戻ろう。商店街はある程度見たが、住宅街の方や町外れはまだ回っていない。おもちさんは動いた僕を目で追うでもなく、うとうとと俯いている。

そこへ、耳慣れた晴れやかな声が飛んできた。

「あー！　小槇さんまだいた！　おもちさんもいる！」

走ってきたのは、買い物袋を提げた春川くんだ。お使いを終えて、戻ってきたのである。彼はこちらに向かって走りつつ、袋の中に手を突っ込んだ。

「見て、お使いのついでにおやつ買ってきたよ！」

春川くんが袋から取り出したのは、猫用クッキー鳥ササミ味なるペットフードだった。春川くんから出た「おやつ」という単語を耳にするなり、おもちさんが素早く顔を上げた。

「にゃふ！　流石は春川くん。よくできた子ですにゃ！」

「これでおでこ、撫でさせてくれる？」

「もちろんですにゃ。気分がいいから、肉球ぺったんもしてあげますにゃ」

「やりー！」

春の陽気の中で元気に跳び回る姿は、見ているだけでこちらまで和んでしまう。

春川くんがベンチの前にしゃがみ、おもちさんの前でおやつを開けた。ぐさま顔を近づける。この食いつきの良さに、僕は苦笑いした。

「さらに太っちゃうから、一度に全部食べちゃだめですよ」

「小槙くんに管理されなくとも、吾輩は自己管理してますにゃ。食べたいときに食べたいだけ食べ、寝たいときに寝るのですにゃ」

「それが太るんですって。だからそんなにまん丸なんですよ」

「小槙くんは小言が多いですにゃ……」

僕らのやりとりを可笑しそうに聞きつつ、春川くんがクッキーを一枚、おもちさんの口元に運んだ。おもちさんがもこもこの口を開き、クッキーにかぶりつく。目を閉じてもぐもぐと咀嚼する顔は、なんとも「幸せ」という単語が似合う。おやつを与えている春川くんの方も、へにゃっと目尻を下げた。

「へへ。かわいい」

彼の手のひらが、おもちさんの額をすりすりと撫でる。おもちさんは気持ちよさそうに喉を鳴らし、春川くんはうっとりと微笑む。太るからおやつは控えめに、と言いたいところだが、ふたりのこんな顔を見たら、ついつい甘やかしたくなる。

ふいに、春川くんが僕を見上げた。

「小槇さん、すっごく頬が緩んでる」

「えっ!?」

咄嗟に自分の頬に手をやった。どうやら僕まで、釣られて顔がだらしなくなっていたみたいだ。

おもちさんがのんびりと前足を持ち上げ、春川くんの鼻先に触れる。肉球に触れた春川くんは擽《くすぐ》ったそうに笑い、おもちさんの顔を両手で撫で回した。

「軽音部に新入部員が来ますように！　テストでいい点取れますように！　今年こそ彼女ができますように！」

「欲張りですにゃあ。でも、吾輩も同じく欲張りな猫にゃので、悪い気はしないですにゃ。というわけでクッキーをもう一枚……」

「あはは、欲張りだし、おねだり上手だ」

春川くんが追加でクッキーを与えている。僕はもう、止めたりせず眺めていた。

おもちさんをひとしきり撫でると、春川くんは立ち上がった。

「よし、これでＯＫ。春休み明けが楽しみだな！　じゃあ、俺そろそろ帰るね。母ちゃんにたまご持って帰らないと」

「そうだね。テスト勉強も、ちゃんとやるんだよ」

「それはどうしよっかなあ。ほんじゃ、またね」

春川くんはいたずらっぽく言うと、軽い足取りで立ち去っていった。僕とベンチの上のおもちさんは、春川くんの後ろ姿を、しばし無言で見送っていた。

彼の背中が見えなくなると、僕もさてとと自転車のハンドルに手を置いた。

「パトロールに戻りますね」

スタンドを蹴ろうとしたところで、おもちさんが声をかけてきた。

「うむ、小槇くん。吾輩はそろそろ、交番に帰りたいですにゃ」

「そう。帰ったらいいじゃないですか」

「そうしたいのはやまやまですが、生憎歩くのが面倒なのですにゃ。だから小槇くん、吾輩を交番に連れ帰ってほしいですにゃ。特別に抱っこさせてあげるですにゃ」

おもちさんの奔放ぶりに、僕は絶句した。自分で勝手にここまで来たくせに、帰りは甘えてくるとは。

「僕はこれからパトロールです」

「吾輩を交番に帰してから、もう一度出直せばよいですにゃ」

おもちさんは僅かに首を擡げて催促してきた。僕はため息をついて、おもちさんの腰を両手で持ち上げる。

「運動しないと太りますよ」

「と、言いつつ甘やかしてくれるのが小槇くんですにゃー」

胸に抱き上げたおもちさんは、ずしりと重くて、温かくて、ふわふわのくたくたでもちもちしていた。

片腕におもちさんを抱いて、もう片手で自転車を引いて歩く。おもちさんは僕の肩に顎を乗せ、くったりと全体重を預けてくる。首筋と頬に毛が触れて、擽ったい。

公園を出て、来た道を辿り、商店街へと戻る。午前の賑わいが僕らを包み込む。自転車のチェーンが、キロキロと軋んだ音を奏でていた。

「ねえ、おもちさん」

僕はおもちさんを抱いた腕を少し揺すり、崩れてきた姿勢を正した。

「おもちさんがなんなのか、当てはまる定義が見つからないって、さっき話したじゃないですか」

「そうでしたにゃあ」

「やっぱりおもちさんがなんなのか、僕には分からないし、これという既成の概念に当てはめる必要もないのかなって思うんですけど……」

　柔らかな体から、体温が伝わってくる。

「招き猫、とかどうでしょうか」

「……ふむ」

　抱き上げているから、おもちさんの表情は見えない。僕は少し顔を傾けて、おもちさんの毛に頬を埋《うず》めた。

「片手を上げたポーズをしてるわけじゃないけど、なんとなく、そう思ったんです。人から愛されて、かわいがってくれる人を幸せな気持ちにさせて、ちょっと縁起のいい猫扱いされてるとことか」

「なるほどですにゃ」

「僕の中でだけ、そういうことにしようかなって思いました。どうでしょうか」

　キロキロ。自転車の軋んだ音が、鼓膜を擽る。おもちさんは、すり、と僕の頬に頭を傾けた。

「小槇くんはなかなかセンスがよろしいようで」

「気に入ってもらえたならよかったです」

　おもちさんは招き猫。そういうことになった。とりあえず、僕の中では。

　おもちさんが眠そうな声を出す。

「小槙くん。帰る前に鰹節と、ちりめん干しと、釜揚げしらすを買ってほしいですにゃ」

「おやつたくさん貰ったでしょ」

僕が窘めるも、おもちさんは全く怯まない。怯まないどころか、ゴロゴロと喉を鳴らして甘えてくる。

「おやつはいくつあったってよいのですにゃ。ほら、笹倉くんのお煎餅も、忘れず買うのですにゃ」

「全くもう……仕方ないですね。食べるときは少しずつですよ」

「まあまあ、そう言わず……」

おもちさんが返事と一緒に、短い尻尾を揺らす。「太りますよ」と言おうとしたが、その前にすよすよと寝息が聞こえてきた。

やっぱり、どこまでもマイペースな奴だ。猫だから仕方ないか。

迷子と口下手

かつぶし交番は現在、三人体制で回っている。まず上司の笹倉さん、下っ端の僕。そしてもうひとり、先輩がいる。

「これが昨日の分のリストです。これは今朝までの引き継ぎ。これは各ご家庭への巡回連絡の資料です」

僕の机に書類を次々と積んでくる、無駄のない動きと冷静な無表情。僕のふたつ歳上の女性警察官、柴崎《しばさき》透子《とうこ》さんだ。

「それと、新学期なので、小学校の通学ルートのパトロールを日頃より強化します」

首の辺りで一本に括った長い髪が、僕の頬の横に垂れてくる。僕はその艶のある髪の束を見つめ、ひとつまばたきをした。抑揚のない喋り方も、真っ直ぐな髪も、作り物みたいだ。柴崎さんの切れ長の目が、ちらっと僕を見る。

「聞いてますか？」

「あっ、はい。聞いてます」

　本当はちょっと、意識が逸れていた。柴崎さんの表情が全く変わらないのが不思議で、ついぼんやりしてしまった。

　とある土曜日。本日は笹倉さんが週休だ。つまり僕とこの柴崎さん、ふたりで仕事をする日である。

　ツンと澄ました横顔を、ちらりと窺い見る。二週間ほどこの交番に勤めているので、柴崎さんとセットになることは何度かあった。しかしまだ、この人とは一度も雑談をしていない。笹倉さんだと向こうがどんどん話しかけてくるのだが、柴崎さんはクールなのだ。彼女の機械的な仕草には、まだ慣れない。

　僕は資料に目を通しつつ、柴崎さんに当たり障りのない話題を振ってみた。

「柴崎さんって、この交番に来て何年目ですか？」

「二年目」

　柴崎さんがさくっと答える。僕は資料を片手に、質問を追加した。

「最初に来たとき、おもちさん見てびっくりしませんでした？」

「いいえ。知っていたので」

「あれ。聞かされてたんですか？」

「どこだかの交番で猫を飼っているというのは、上司から聞いていました」

　柴崎さんは、質問に対してだけ、必要最低限の返事をする。僕は資料を机に置き、柴崎さんの方に顔を向けた。

「僕、全然知らなくって。転勤のとき、『猫のアレルギーはあるか』なんて聞かれましたが、なんでそんなこと聞くのかは、驚かそうとしたらしくて教えてくれなかったんです。猫がいただけでもびっくりなのに、しかも喋るんだもん。それで……」

「小槇くん」

柴崎さんの冷ややかな声が、僕のお喋りを遮った。

「資料、全て確認しましたか？」

呆れた眼差しが、僕を射貫いている。心臓がひゅっと、締め付けられたような感じがした。

「……まだです。すみません」

柴崎さんはそれ以上僕を叱るでもなく、抑揚のない声で言った。

「では私は巡回連絡へ行ってくるので、小槇くんは留守番をお願いします」

「はい、承知しました」

僕も釣られて、硬い返事をした。柴崎さんが宣言どおり、巡回連絡をしにすたすたと交番を出ていく。残された僕は、はあ、と大きなため息をついた。

失敗した。どこで間違えてしまったのだろう。仕事中だし、無駄話は振らない方がいいのかもしれないけれど、僕としてはもう少し打ち解けたかったのだ。

と、突如足元から声がした。

「怒られちゃいましたにゃー」

「うわあっ！」

驚愕と共に、事務椅子ごと飛び退いた。机の下に、丸くなったおもちさんがいる。揃えた前足に顎を置いて、目を瞑っていた。

「びっくりした！　見ないと思ったら、こんなところにいたのか！」

「吾輩の気配に気づかないとは、小槇くんもおまわりさんとしてまだまだですにゃあ。そんなんじゃ泥棒が入ってきても気づかないですにゃ」

おもちさんは僕をからかい、ぴょんと跳ねて僕の膝の上に上ってきた。

「して、柴崎ちゃんと話す小槇くんは、びくびくしてるように見えるですにゃ。柴崎ちゃんが怖いのですかにゃ？」

「怖いってわけじゃないですよ。同じ仕事をしてる、仲間なんですから」

僕はおもちさんの背中に手を乗せた。

柴崎さんが怖いわけでも、苦手なわけでもない。むしろ仲良くなりたいから、ああして話しかけている。ただ、あの無愛想な応対をされると、話すにしてもどうも強ばってしまう。彼女の笑った顔を見たことがない。おかげでちょっと、取っ付きづらい印象があるのだ。

「なんていうのかなあ……バリアがある」

僕は空中に向けて、手のひらをパントマイムみたいにかざした。

「隙がないっていうのかな。冗談が通じなそうな感じがして、ぎこちなくなっちゃうんですよ」

むろん、仕事中にふざけるつもりはない。ただ、コミュニケーションとしての軽いジョークとか、世間話とか、そういった雑談くらいできてもいいと思うのだ。

おもちさんは丸い頭でこくこく頷いた。

「柴崎ちゃんは合理主義。ムリムダムラがお嫌いですにゃ。余計なお喋りはストレスですにゃ」

「やっぱり」

「笹倉くんがしょーもない駄洒落を言って、柴崎ちゃんに鼻白まれてる現場、吾輩は幾度となく目撃しておりますにゃ」

「ああ……笹倉さんも、柴崎さんに構ってほしいんでしょうね」

とはいえ、反応に困るような冗談を言う笹倉さんも悪い気がする。僕は柴崎さんから受け取った書類に目を落とした。

「職場で喋る猫を飼うのは、ムリムダムラじゃないのかなあ」

ここで働きはじめて二週間ちょっと。おもちさんが人の膝に乗って動きを鈍らせているのは、日常茶飯事だ。もちろん、乗られる人間は柴崎さんも例外ではない。

　おもちさんは開き直って、にんまりと口角を吊り上げた。

「たとえムリムダムラだとしても、ここのおまわりさんの誰より、吾輩の方が先にこの交番にいる。大先輩なのですにゃ」

「屁理屈ですよ」

　柴崎さんは、おもちさんに邪魔されるところまで含めて、業務として割り切っているのかもしれない。おもちさんがいるのが当たり前になってしまえば、人間、順応してしまうものである。

「余計なことは訊くつもりないですけど、一緒に仕事してるんですから、お互いのことをもっと知っておきたいんです」

　打ち解けていた方が、仕事もスムーズになる。

「ふむ。コミュニケーションは大事ですにゃ」

　おもちさんは金色の目をやや細め、言った。

「柴崎ちゃんはちっとばかし不器用なだけで、決して冷たい人間ではないですにゃ。吾輩が保証しますにゃ」

「かつぶし交番の長老が保証するなら間違いないですね。それじゃあおもちさん、どうやったら柴崎さんと仲良くなれるか、コツを教えてもらえますか？」

「簡単ですにゃ。吾輩のようにぷりちーな猫は、甘えるだけで愛されるのですにゃー」

「おもちさん限定の技じゃないですか……」

全く為にならない助言を受けたところで、僕は再び、資料に向き直った。

そんなところへ、建て付けの悪い引き戸がガコッと音を立てた。僕とおもちさんは同時に振り向く。

「はい、どうしま……」

反射的に用件を尋ねかけて、止まった。入ってきたのは、柴崎さんだったのだ。

「あれ？　早かったですね」

僕は膝の上のおもちさんを抱き上げ、椅子から立ち上がった。視界が広がって、そして初めて気づく。柴崎さんの後ろに、小さな女の子がいる。耳の上でちょんと結んだ髪は乱れ、切り揃えられた前髪の下は、涙でぐしょぐしょに濡れていた。僕はおもちさんを中途半端な高さで抱き上げたまま、目をぱちくりさせた。

「その子は？」

「巡回中に保護しました」

柴崎さんの連れてきた女の子は、小学校に上がるか上がらないかくらいの幼さだった。ぐすぐすと啜り泣いて、顔全体が赤くなっている。

その女の子の手を引いていた柴崎さんも、いつにも増して険しい顔をしていた。

「商店街の裏の路地で、蹲《うずくま》っていました。近くに保護者の姿はなし」

「迷子か。そっか、怖かったね」

驚いて固まってしまっていた僕は、おもちさんを椅子の上に置いて、机に置いてあったメモを手に取った。柴崎さんに目を合わせ、尋ねる。

「名前、聞けました？」

「いえ。ずっと泣いていて、言葉を発せません。ひとまず落ち着かせるために連れてきました」

柴崎さんが、壁際の丸椅子を女の子に勧める。女の子は俯いて嗚咽を洩らし、震えて立ち尽くしていた。柴崎さんの言うとおり、泣き続けていてとても会話が成立する状態ではない。

見ていた僕は、一旦メモを置いて女の子に歩み寄った。正面にしゃがんで、彼女の俯いた顔を見上げる。

「もう大丈夫だよ。僕たちおまわりさんがいるからね」

女の子と目を合わせ、頭を軽く撫でた。黒い大きな瞳から、涙がとめどなく溢れている。

僕は女の子の腕をそっと取り、反対の手で椅子を指し示した。

「ここに座ってて。ジュース持ってくるから」

すると女の子は、こくんと頷いてくれた。ややよろめきながら、椅子に腰を下ろす。僕は彼女ににっこり笑いかけて、再度頭を撫でた。

「落ち着いたら、お話聞かせてね」

腰を上げて給湯室へ向かうと、途中でおもちさんとすれ違った。僕と入れ違いになって現れたその猫に、女の子がぱっと、顔を上げる。

「猫ちゃん……」

ようやく、この子の言葉を聞くことができた。僕はほっと胸を撫で下ろす。こういうとき、動物の存在は心強い。泣きじゃくる子供が相手でも、悲しみから少しだけ意識を逸らさせてくれる。ことに、おもちさんは特殊な猫だ。

「ちょうど退屈していたところですにゃ。泣き虫ちゃん、吾輩を構うのですにゃ」

「喋った」

「お膝、失礼しますにゃ」

マイペースなおもちさんは、仰天する女の子の反応など気にもとめず、ぴょんと膝に飛び乗った。あまりの衝撃のためか、女の子は泣くのを忘れておもちさんに釘付けになっている。柴崎さんも、無言でその様子を眺めていた。

僕は柴崎さんの後ろ姿を尻目に、給湯室へと入った。冷蔵庫の中は緑茶とコーヒーが最前列に置かれているが、奥の方に紙パックのりんごのジュースがあった。こういう小さな子供が来たときのために、用意してあったものだ。それを取り出し、ストローを突き刺し、女の子の元へ戻る。

椅子に座る女の子と、その膝の上におもちさん。正面には、目線を合わせてしゃがむ柴崎さんの姿があった。女の子の手が、おもちさんの背中をゆっくり撫でている。来た直後よりはだいぶ落ち着いたが、それでもまだ、涙を浮かべていた。

僕はにっこりと笑顔を作り、敢えて明るい声を出した。

「お待たせ！　りんごのジュースだよ」

僕の声に反応し、女の子が顔を上げる。りんごジュースを差し出すと、彼女は恐る恐る手を伸ばしてきた。小さな両手が、紙パックを受け取る。それからぱくりとストローをくわえ、ぐすぐすと鼻を鳴らして飲みはじめた。

視線を感じてちらと横を見ると、柴崎さんがじっと僕を睨んでいた。その蛇のような目に、びくっとする。出しゃばりすぎてしまっただろうかと不安になったが、今は仕事だ。この女の子が安心して話せるよう、流れを作っていかないといけない。僕は改めて、ペンとメモを手に取った。

「落ち着いたかな？」

ゆっくりめに声をかけると、女の子は少しだけ目を上げた。ズズ、とストローが掠れた音を立てる。女の子の唇がストローから離れ、小さな頭はこくっと頷いた。おもちさんが目を細めて、彼女を見上げている。

僕はひとつ息をつき、よし、と呟いた。

「お名前は？」

「絵里」

「絵里ちゃんだね。おうちはどこかな。住所、言える？」

「分かんない」

絵里ちゃんと名乗る迷子は、再び目に涙を溜めた。僕はひとまず、メモに名前だけ書き込んだ。

「お父さんかお母さんは、一緒だった？　どこかではぐれちゃったのかな？」

「絵里、ママからお使い頼まれて、ひとりで来た。でもね、途中でお金落としちゃって、拾おうとしたらカラスに取られちゃって、追いかけたら、いつの間にか知らないところに来ちゃったの。それでね、お金なくなっちゃって、お使いできないの」

絵里ちゃんが訥々《とつとつ》と、事情を話してくる。メモを書くのが追いつかずもたもたしていると、ふいにおもちさんが目配せしてきた。おもちさんの目の合図を追うと、隣の柴崎さんに辿り着く。彼女は冷静な面持ちで、手帳にスラスラとメモを書き込んでいた。思わず、おおっと感嘆の声を上げそうになる。流石、先輩だ。僕よりずっと聴取に慣れている。柴崎さんが書き取ってくれているので、僕は開き直ってメモを取るのを放棄した。

「絵里ちゃん、何歳？」

「五歳」

「ええと、通ってる幼稚園か保育園はどこかな？」

「つきとじ園」

僕が聞き出す情報を、柴崎さんがサラサラ書いていく。通園先が分かれば、だいぶ視界が開けてくる。

絵里ちゃんはひと口ジュースを啜り、ぐすんと鼻を鳴らした。

「おまわりさん、絵里、おうちに帰れる？」

「もちろんですにゃ」

答えたのは、おもちさんだった。

「この人たちにお任せですにゃ。吾輩が保証しますにゃ」

先程も使っていたフレーズを繰り返し、おもちさんは耳をぴくぴくさせていた。


絵里ちゃんの母親が迎えに来たのは、その数分後だった。

「本当に申し訳ございませんでした。お使いに失敗したことがなかったので、油断してしまって……」

母親に抱きついてわあわあと泣き叫ぶ絵里ちゃんと、それを抱きしめて繰り返し謝る母親を前に、僕は安堵で微笑んでいた。対して、柴崎さんは相変わらず涼やかな顔で母親に向かい合っている。

「今回は無事でしたが、怪我をするかもしれませんし、変質者に声をかけられる可能性もあります。まだカラスを追いかけて迷子になってしまうほど幼い子ですから、注意してください」

「はい。気をつけます。この度はありがとうございました」

母親がペコペコ頭を下げる。

おもちさんは、いつの間にかどこかへいなくなっていた。絵里ちゃんが母親を見た途端立ち上がったので、膝から転げ落ちてそのまま走って消えてしまったのだ。

手続きを終えて交番を出ようとした親子は、最後にまた一礼した。絵里ちゃんが僕と柴崎さんを交互に見上げる。

「おまわりさん、ありがとう」

「どういたしまして。これからは気をつけてね」

僕が手を振ると、絵里ちゃんも泣き腫らした目でへにゃっと笑い、手を振り返した。

親子が帰り、僕と柴崎さんはほぼ同時に大きなため息をついた。

「よかった。結構すぐに身元が判明して幸いでしたね」

「ええ」

一気に力が抜けた。事務椅子に腰掛けて、背もたれにぐたりともたれかかる。

「見つけたのが柴崎さんでよかったです。柴崎さんが連れてこなかったら、それこそ怪我をしていたかもしれないし、変な人に誘拐されてたかも」

「業務ですから」

柴崎さんも、椅子に腰を下ろす。彼女は早速、今の件の報告書を作成しはじめた。へらへらしている僕とは違い、もう引き締まった顔をしている。僕は椅子ごと振り向いて、柴崎さんに笑いかけた。

「僕、絵里ちゃんくらいの歳の頃に、山の中で遊んでて崖から落ちたことがあるんです。なんでだったかなあ、たしか猫を追いかけてたんですよ。それで、猫もろとも落ちて……」

その日、幼かった僕は、猫を捕まえたくて山の中を夢中で走った。猫に集中していたこともあって周りが見えておらず、危険な場所に来ていたことに気づかなかったのだ。

「その山、地元では『時空が歪んでる』なんていう怖い言い伝えがあったんです。今思えば、あそこはクマとかイノシシが出るんで、子供がひとりで遊びに行かないように戒めとしてそんな話があったんでしょうけど……当時の僕はあんまり気にせず遊びに行ってて、迷ってからその噂を思い出して怖くなりました」

僕の昔話を、柴崎さんは黙って聞いていてくれた。

「怪我して痛くて、帰れなくなって、しかも日が暮れて真っ暗だった。このまま死ぬんじゃないかとすら思ったんです。そんな僕を助けてくれたのは、駐在さんでした。泣き崩れていた僕を、『もう大丈夫だよ』って優しく撫でてくれたんです」

そのおかげで急に安心したのを、未だに覚えている。駐在さんは知らない人だったし、暗かったから顔も見えなかったけれど、僕の頭を撫でてくれた大きな手のひらと、包み込むようなおおらかな声に、「この人が来てくれたから大丈夫だ」とすとんと胸に落ちたのだ。彼は僕をおぶって、崖の下から助け出してくれた。その背中の体温は、僕をどれだけ安心させてくれたことか。体じゅうの力が抜けて、彼の背中で眠ってしまい、目が覚めたら駐在所で家族に囲まれていたのだった。

「絵里ちゃんを見たとき、その駐在さんだったらどうするかなって考えたんです。多分絵里ちゃんは、あのときの僕と同じくらい不安だったんじゃないかって思ったから。僕、あのときの駐在さんみたいになれてたかなあ」

えへへと照れ笑いをすると、柴崎さんが、結んでいた口を開いた。

「もしかして、小槇くんが警察官を目指したのは、その駐在さんに憧れたとか」

「あっ！　よく分かりましたね。そうです。それがきっかけで、警察官になるって決めたんです！」

あの日助けてくれた駐在さんは、今でも僕のヒーローだ。

「そう」

柴崎さんが、静かに目を伏せる。勝手に盛り上がっていた僕は我に返り、緩んでいた頬を引き締めた。

「柴崎さんすごかったです。メモを取るのも迅速で簡潔で、連絡先を見つけて電話するのも速かったし、書類作りも素早くて！　尊敬します」

「そんなことありません。私には、なにもできなかった」

柴崎さんの静かな返答に、僕は耳を疑った。絵里ちゃんを見つけて連れてきたのは柴崎さんだし、保護者に引き渡すまでの一連の業務もこなしたのに、なにが足りないというのだろう。

僕の間抜け面を見かねて、柴崎さんはぽつりと切り出した。

「私、あの子をどうやって泣き止ませたらいいか、分からなかったんです」

ふうと、語尾に虚しそうなため息が交じる。

「見つけた瞬間も、保護しなくちゃと思いつつも頭が真っ白になって。声をかけたものの混乱してしまって、会話が成り立たない相手をどうやって交番まで連れていけばいいか分からなくなって。ひとまずついてきてくれたからよかったけれど、名前すら聞き出せなくて……」

意外だった。何事も淡々とそつなくこなす柴崎さんが、そんなに動揺していたとは、傍目には分からなかった。目をぱちくりさせる僕を、柴崎さんの真顔が見つめている。

「でも、小槇くんはあっさりと絵里ちゃんを泣き止ませた。とても助かりました」

「いや、僕はそんなに役に立ってないです。さっき話した駐在さんのしてくれたことを真似ただけ。どっちかというと、おもちさんが場を和ませてくれたというか」

「それもそうですけど、小槇くんは子供の扱いが上手でした」

もう一度驚いた。なんとなく、半人前の自分が柴崎さんから褒められることなどないと思っていた。拍子抜けと照れとで、ちょっと顔がにやける。しかし、柴崎さんの表情は重い。

「私では、あんなふうにはできなかった。保護するところまでできても、そこから先ができなければ意味がない。仕事はマニュアルどおりじゃない」

彼女は机に肘をつき、手を組んだ。その上に額を乗せて、ぐったりと俯いている。僕はそのどんよりした背中を眺め、緩んだ頬を引き締めた。柴崎さんは僕を褒めたのでなく、僕にできたことを自分にできなかったと、自己嫌悪していたのだ。

「小槇くん。今後のために、子供との正しい接し方を教えてもらえませんか。コツとか、練習できることとか、なにか……」

「えっ、ええと……なんだろう」

　こんなことを言われるとは思ってもみなかった。狼狽した僕はおたおたと目を泳がせ、首を捻り、そろりと答えた。

「笑顔、でしょうか……」

「笑顔？」

　柴崎さんが顔を上げた。眉間に深い皺が刻まれている。僕は蛇に睨まれたカエルみたいに、びくっと縮こまった。

「すみません、あまりにも捻りのない発言で……」

「私、笑えていませんでした？」

　柴崎さんが、僕に被せて言う。僕は一瞬絶句した後、遠慮なく頷いた。

「全然笑えてないです」

「やっぱり。絵里ちゃんに対して、怖がられないようになるべく柔らかい表情を作ろうと努力はしていたつもりだったんですが」

　彼女は両手のひらで自身の頬を包んだ。しかめっ面をマッサージするみたいに、頬を押し上げている。口角は上に向かって強制的に伸ばされているが、笑っているようには見えない。僕は彼女の硬い表情を眺め、うーんと唸った。

「笑顔笑顔と意識すると、却って難しいのかもしれませんね。うーん……」

　無言で頬を挟んでいた柴崎さんは、顔を押し上げていた手を離し、真顔で目を伏せた。

「昔から、感情を表に出すのが下手なんです」

彼女の声は、どこか寂しげだった。

「表情に出す必要がない環境だったので」

「どういうことか、訊いてもいいですか？」

柴崎さんのプライベートなことを聞くのは、これが初めてだ。やや緊張気味に尋ねた僕に、柴崎さんは相変わらずの淡々とした口調で話した。

「小学生の頃から、正義感が強すぎるとか、真面目でつまらないって言われて友達ができなかったんです。一緒に遊ぶ友達がいなかったから、家の近所にいた野良猫を構って時間を潰して過ごしてました」

「あっ、だから……」

言いかけて、途中で呑み込んだ。柴崎さんは僕の言わんとしたことを察したのだろう、あっさりと頷く。

「誰かと笑ったり、困ったときに頼ったり、そういう経験が著しく乏しいんです、私」

柴崎さんの鉄仮面の理由が分かった。笑わないのではなくて、楽しくても上手く顔に出せなかった。困っていても、周囲に訴えられなかった。日常の会話が少ないのも、なにを話せばいいのか、どんな返しをすべきなのか、戸惑っていたのだ。

柴崎さんが眉間をつまむ。

「笑う必要も、なかったんです。でも大人になるにつれて、円滑なコミュニケーションのために笑顔が大切であることは分かるようになりました。とはいえ、今更どうやったら自然な表情を作れるものか分からない」

険しい顔が、より険しくなった。

「絵里ちゃんに対して、にこやかに接してるつもりでしたが……きっと怖い顔になっていたんですね。絵里ちゃんが泣き止まないわけだ」

考え事をしているせいで一層怖い顔になっている。そんな彼女の膝の上に、丸い影がぴょんっと飛び乗った。

「ほら。吾輩の保証どおりだったですにゃ。柴崎ちゃんは不器用なだけで、冷たい人間ではないって」

どこに隠れていたのやら、おもちさんが突如姿を現した。柴崎さんの膝の上に陣取り、僕にしたり顔をする。

「小槇くんは柴崎ちゃんがご機嫌斜めかと思って、おどおどと顔色窺ってましたにゃ」

「ちょっとおもちさん、余計なこと言わなくていいんです」

僕が窘めると、おもちさんは面白がってにんまりした。膝の上のおもちさんを見下ろしていた柴崎さんは、ちらとだけ僕に目をやって、すぐに目を泳がせた。なにか言おうとしたみたいだったが、やめてしまった。

柴崎さんがおもちさんの背中に手を乗せる。指の長い手のひらが、おもちさんの背中を撫でている。撫で方が気持ちいいのか、おもちさんはうっとりと目を閉じた。柴崎さんの慣れた手つきを眺め、僕は徐ろに尋ねた。

「柴崎さん、猫、お好きですか？」

「友達、野良猫だけでしたから」

「あ、そっか」

交番に猫がいるのは、ストイックな柴崎さんにとっては邪魔なのでないかと思ったりもした。しかし当の柴崎さんは、こんなにおもちさんをかわいがっている。彼女にとって猫は、貴重な友達なのだ。

おもちさんは体の力を抜いて、耳をくったりと軽く倒している。喉が鳴っている音が微かに聞こえてきて、おもちさんがリラックスしているのが分かる。

僕はそんなおもちさんの丸まった背中を眺めていたが、ハッと、撫でる手の主に目をやった。

「柴崎さん、笑えてます」

「えっ」

柴崎さんが、僅かに顔を上げる。僕は改めて繰り返した。

「自然に微笑んでます！　見たことないくらい優しい顔になってる！」

おもちさんを撫でる柴崎さんは、柔らかく口角を上げ、愛おしげな眼差しでおもちさんを見つめていたのである。自覚がなかったらしい柴崎さんは、手を止めて絶句していた。

おもちさんが少し顔の角度を変え、柴崎さんを見上げる。

「ようやく気づいたようですにゃ。柴崎ちゃん、吾輩をナデナデするとき、にへーっと緩んだ顔してますにゃ」

「嘘……」

柴崎さんが再び硬い顔になる。彼女の珍しい顔を目の当たりにした僕は、興奮して捲し立てた。

「猫が相手なら、自然と柔らかい表情になれるんだ！　そうだ、これからもおもちさんで練習して、表情筋を慣らしていったらいいんじゃないですか⁉」

「そうですにゃあ。柴崎ちゃん、吾輩をたっぷりかわいがるのですにゃ。猫は猫を愛する者の味方なのですにゃ」

おもちさんが頭を擡げ、僕を一瞥した。この猫が話していた、「甘えるだけで愛される」という言葉が、頭の中に蘇る。あれは案外、的を射ているのかもしれない。

おもちさんの図太い甘え方に、柴崎さんは少しだけ、くすっと笑った。やはり普段は見られない、人間らしい反応だ。

「さっきの、小槙くんが私の顔色を窺っていたとのお話ですが」

柴崎さんがいきなり話を戻してきた。僕はびくっと身を強ばらせ、背筋を伸ばした。柴崎さんは、おもちさんを優しく撫でている。

「そうだろうなと、思ってはいました」

「バレてた……」

「小槇くんが私に歩み寄ろうとしているのは分かっていましたし、私もなにか会話をしないとと模索していました」

そうだったのか、と僕は口の中で呟いた。彼女も話題を探してくれていたとは、顔に出ないから分からなかった。柴崎さんがひとつ、まばたきをする。

「でも同時に、このまま会話をしなくて済むのなら、最低限仕事に必要な会話以外、なくてもいいとも思っていました」

それを聞いた僕は、ピタッと硬直した。ショックが顔に出ていたのだろう、言った後で、柴崎さんは即座に訂正した。

「語弊がありました。小槇くんと話したくないという意味ではなく、あなたにとって私が負担になってしまうという意味です。小槇くんが私のことを怖い先輩だと感じて、そのまま距離をとってくれれば、それ以上話す必要もないなと……」

「そんなの、だめですよ」

僕は反射的に口を挟んだ。

「柴崎さんが僕と話したくないなら、寂しいけど諦めますよ。でも、僕があなたを誤解して避けるのは嫌です。現に僕は今、柴崎さんのこと知って、見たことない顔を見て、嬉しいんですよ！」

思わず、口調が強くなった。こんな僕に驚いて、柴崎さんは口を半開きにしていた。彼女を見上げ、おもちさんが目を糸にする。

「そういうことですにゃ、柴崎ちゃん。君自身が思ってる以上に、柴崎ちゃんとお近づきになりたい人はいるもんですにゃ」

「そうなの……？」

「一緒に仕事してるんですから、仲良くなりたいなって思ってましたよ」

目をぱちくりさせる柴崎さんに、僕は大きく頷いた。僕らをそれぞれ見上げ、おもちさんが付け足す。

「柴崎ちゃんの笑顔はかわいいのに、吾輩くらいしか見る者がいないのは勿体ないですにゃ。小槇くんを練習台にして、人に慣れておきましょうにゃ。そしたら迷子に泣かれなくて済むですにゃあ」

柴崎さんは、ふっと微笑んでおもちさんの背中に頬を寄せた。

「ありがとう。おもちさんも、小槇くんも」

もしかしたら、と、僕は思った。もしかしたら柴崎さんは、これまでもそうやって、自ら周りの人を遠ざけてしまったのかもしれない。子供の頃に言われた言葉に傷ついて、自分の評価を下げてしまった彼女は、人を寄せ付けない悪循環に陥ってしまったのではないか。

しばらくおもちさんを撫でていた柴崎さんだったが、徐々にいつもの仏頂面に戻っていき、やがて決まり悪そうに言った。

「休憩が長引きました。巡回連絡の途中でしたので、出かけてきます」

膝の上にいたおもちさんを抱き上げて立ち上がり、事務椅子に下ろす。そして柴崎さんは、鞄を肩に引っ掛けて外へと向かった。僕はその背中に向かって敬礼をした。

「お願いしまーす」

柴崎さんを送り出した後も、僕は顔が綻《ほころ》んで戻らなかった。柴崎さんを囲んでいたバリアが、ちょっとだけ壊れた気がする。それが嬉しくて、にやついてしまう。

おもちさんが事務椅子から飛び降り、僕の足元へと歩み寄ってきた。

「小槇くんは柴崎ちゃんと正反対ですにゃ。なんでもすーぐ顔に出てしまうですにゃ」

わざわざ指摘され、僕はむっと口を結んだ。ポーカーフェイスを作ってみたつもりだが、やはり嬉しさがこみ上げてきて頬が緩む。

そんな僕の足元で、おもちさんが可笑しそうに目を細めた。

「分かりやすい子ですにゃあ。その上、単純でお人好し。相手がちょっとお喋りにトチっても、謝ればすぐ許すし根に持たないにゃ。というか、あっちゅう間に忘れてしまうから大丈夫なのですにゃ」

「それ褒めてるんですか？　貶《けな》してるんですか？」

僕が低い声を出すと、おもちさんはこちらを一瞥して、返事をせずにトコトコ歩き出した。

「どこ行くんですか」

「あったかいところで昼寝しますにゃ」

おもちさんは振り返らず、僕に声だけ投げた。

「吾輩、本当は子供が嫌いなのですにゃ。無理に撫でるし、大きい声出すし、追いかけてくるから」

「はあ」

「絵里ちゃんのお膝に乗ったのは、吾輩なりに頑張ったのですにゃ。疲れちゃったから、今からたっぷり寝るのですにゃ」

丸く太った後ろ姿が去っていく。僕はその尻尾を眺めて、思った。

やっぱり、おもちさんは不思議な猫だ。言葉を話すというだけでも充分不思議なのだけれど、それだけではない。絵里ちゃんの涙を止めてくれたし、柴崎さんの悩みも、本音も、全てお見通しだったみたいだ。

「何者なんだろうなあ」

呟いたひとりごとは、僕だけになった交番で静かに空気に溶けた。

ジュブナイル

「小槇くん！　それは吾輩の鮭とばですにゃ！　あげないですにゃ！」

「分かってますよ！　奪ったんじゃなくて、お預けです！」

四月も後半に差し掛かった、とある夕方。歩きでパトロールする僕とそれについてきたおもちさんは、商店街の惣菜屋さんの前で揉めていた。

「その鮭とばは、お惣菜屋さんのおかみさんが吾輩にとくれたものですにゃ！」

「だめです！　さっきお肉屋さんで貰った肉団子、食べたでしょ!?　一日ひとつ！　これ毎日言ってますよ！」

「ごめんねえ、喧嘩の種を蒔いちゃったかしら」

鮭とばをくれた張本人であるおかみさんは、カウンターに肘を乗せて可笑しそうに見物している。

鮭とばを高く掲げる僕を、おもちさんは毛を逆立てて威嚇した。

「なぜどちらかしか食べられないのですにゃ!?　吾輩は！　両方！　食べるのですに

や！」

「そうやって甘やかされてきたから、そんなコロンコロンに太ってるんですよ！」

「シャーッ！　ふくよかなボディは富の象徴ですにゃー！」

おもちさんは猫らしいジャンプで飛びかかってきて、僕の手から鮭とばを取ろうとする。

しかしその肥えた体が災いして、大した高さも出せずにポテッと地面に転げた。

「僕はおもちさんの健康を考えて、心を鬼にして取り上げてるんです。ともかく、この鮭とばは明日のおやつですよ！」

「小槇くんのケチ！」

「だから、ケチじゃなくてあなたの健康をですね！」

そうしてわあわあと喧嘩していたところへ、軽やかな笑い声が割って入ってきた。

「なになに、おまわりさん自ら、喧嘩口論事案？」

声の主は春川くんである。制服のブレザーにリュックサック姿で、肩にはさらにギターケースを引っ掛けていた。惣菜屋さんの息子である彼が、学校を終えて帰ってきたのだ。

僕は鮭とばを持った手を胸の高さに下ろす。

「お、春川くん。お帰り」

「ただいま。あっ、そうだ。ねえ小槇さーん、どうしよう！　仮入部、ひとりも来ない」

春川くんは即座に僕に泣きついてきた。

「部活動紹介のステージでトチッたせいかな。新一年生、誰も見に来てくれない！」

部活動というのは、春川くんが所属する軽音部のことである。人数が足りないために、廃部の危機が迫っているのだ。部長である春川くんは、部員獲得のために部活動紹介のステージに張り切っていたのだった。しかし、この様子である。

店頭に立っていたおかみさん、すなわち春川くんのお母さんが呆れ顔をした。

「見栄張って新曲を披露しようとするからだよ。練習が足りなかったんでしょうね。恰好悪い姿見せちゃったら、そりゃ一年生も寄ってこないわ」

「言うなよ、分かってるよ！」

おかみさんに面倒くさそうにあしらわれ、春川くんは言い返したもののすぐにどんよりと下を向いた。

「廃部はやだ……」

「うーん。本入部はいつからなの？」

「ゴールデンウィーク明けから。四月いっぱいは、まだ見学や仮入部の期間だよ。今の時点でゼロって、かなりやばいんだけどさ……」

春川くんが項垂れる。するとどこからか、にゃーんと高い声が聞こえた。僕と春川くんは、背筋を伸ばす。

「おもちさ……んじゃないか。おもちさんは『にゃー』とは言わないですよね」

僕はおもちさんを見下ろしたが、おもちさんは不機嫌な顔で丸くなっているだけである。

「別の猫か。どこかな」

僕が周囲を見回すと、春川くんは店の裏へと続く路地を覗き込んだ。

「あいつかな、おのりちゃん」

「おのり？」

「そうそう、最近仲良くなった子。小槇さんが持ってる鮭とばの匂いで寄ってきたのかな」

春川くんは狭い道を眺め、やがてあっと声を上げた。彼がしゃがむと同時に、路地裏からひょこっと、黒い猫が姿を現す。その愛らしくもミステリアスな黒猫に、僕は感嘆した。

「わあ。きれいな猫だね！」

つやつやした黒い毛並みに、ビー玉のようなエメラルドの瞳。すらっとした華奢な体は、どことなく神秘的だった。春川くんは、猫に指を伸ばしてにんまりする。

「部屋のベランダでギターの練習してたら、屋根の上から下りてきたんだ。ここのところ、練習始めると必ず来る。かわいいだろ」

猫は春川くんに馴れており、差し出された指に額を擦り寄せていた。

「この猫、喋る？」

おもちさんが言葉を話すので、僕は勢いで変な質問をした。春川くんは笑うでもなく、自然に答える。

「喋んないよ。普通の猫。いつも来てくれるから、名前付けたんだよ。『おのりちゃん』っていうの」

彼の手が、猫の頭を撫でる。

「艶のある黒い毛だから、海苔《のり》から取ってみた。交番の猫はおもちさん、うちに来る黒猫はおのりちゃん」

春川くんはちらりと、不機嫌面のおもちさんに目をやった。

なるほど、艶のある黒い毛並みはミネラルたっぷりの海苔に似ていなくもない。彼のせいで、海苔を巻いた餅が頭に浮かんでしまい、僕は空いたお腹に手を置いた。

「おしょうゆちゃんとか、きなこちゃんも欲しくなるねえ」

「いいね！　こんな話してたら腹減ってきた」

春川くんがへらっと目尻を下げる。おのりちゃんなる黒猫は、春川くんにゴロゴロ喉を鳴らして、僕の鮭とばには見向きもしない。

「この子は食い意地張ってないんだなあ……」

呟いてから僕は、そういえば、と手を叩いた。

「新入部員獲得祈願でおもちさんを撫でたのに、効かなかったね」

「そうなんだよ！　やっぱり願いを叶えるなんて迷信なのかな。どうなの、おもちさん」

春川くんの声が大きくなる。黒猫は驚いたのか耳をぴんと立てたが、逃げたりはしなかった。おもちさんはむすっとした顔を上げる。

「吾輩の気分次第ですにゃー」

「おもちさんは気まぐれだからなあ」

春川くんは再び、黒猫の顔を撫でた。僕も、春川くんに並んで腰を屈めた。

「おもちさんが本当に不思議な能力持ってたら、自分のために使って町じゅうからおやつを集めてるよ」

「うわ、すごくリアルに想像できてしまった。だけどこういうのは気持ちの問題だから！本入部が始まるまでに、もう一回撫でておこうかなあ」

半分冗談ぽく言って、春川くんは笑った。惣菜屋さんのおかみさんが、カウンターから身を乗り出す。

「俊太、小槙くんはお仕事中なんだから邪魔しないの！　小槙くんもうちのバカ息子に構ってないで、パトロールしなさい」

「うわ、怒られた」

春川くんが顔を顰める。一緒に叱られた僕も、苦笑いした。

「はーい、ごめんなさい」

パトロールに戻る前に、もう一度だけ黒猫に目をやる。黒い猫はじっと春川くんを見上げて、小さな口でみゃあ、と鳴いた。高くて甘い、かわいらしい鳴き声の猫だ。

なんて、黒猫に気を取られていると。

「隙ありー！」

おもちさんが突然飛びかかってきて、僕の手から鮭とばを強奪した。そのまま猛ダッシュで商店街を駆け抜けていく。

「しまった！　待てー！」

丸々太っているくせに意外と俊敏だから油断ならない。僕は全速力で、おもちさんを追いかけたのだった。


翌日の同刻頃。非番だった僕は、買い物帰りに土手を歩いていた。町の東端を流れるかつぶし川の河川敷は、春から初夏へと移ろいはじめ、野草の新緑に覆われていた。

近くに住む子供たちが追いかけっこをしている。広い河原に、甲高い笑い声が絶え間なく上がっていた。

夕飯用に、「お惣菜のはるかわ」でアジのフライを買った。左手に提げた袋から、揚げたてのいい匂いがする。

そこへ、背中にドンッと衝撃があった。

「小槙さーん！」

「うわっ」

突き飛ばされた衝撃でよろめいたものの、軽くつんのめっただけで体勢を立て直す。後ろを向くと、高校生らしき制服姿の少年少女が、四人で立っていた。内ひとりは、よく見知った顔である。

「春川くんか。びっくりしたじゃないか」

学校帰りの春川くんだ。僕を見つけて、突進してきたのである。背中にはギターケースを背負っている。

彼の後ろにいる子たちは、友達だろう。眼鏡の少年と、背の高い爽やかなお兄さん風の少年、さらにその向こうに隠れるようにして、長い黒髪の少女がいた。眼鏡の子は春川くんと同じく楽器ケースを携えており、長身の子は、肩から提げた鞄からドラムスティックがはみ出していた。

春川くんは、ちらっと彼らに目をやった。

「こいつら、うちの軽音部のメンバー。眼鏡の方がベースの田嶋《たじま》、でかいのがドラムの山《やま》村《むら》」

「そうなんだ。初めまして」

僕が会釈すると、ふたりの少年たちもぺこっとお辞儀をした。

「初めまして。交番のおまわりさんですよね」

眼鏡の少年、田嶋くんは、ネクタイを上までしっかり締めた真面目そうな男の子だった。

一方もうひとりの少年、山村くんは、スポーティな短髪と着崩した制服のためか、ちょっとやんちゃそうに見える。

「俊太からたまに話聞くよ！」

笑って挨拶する表情は、無邪気で人懐っこかった。

春川くんからは、軽音部の部員は彼を含め三人と聞いている。つまり春川くんと、こちらの田嶋くんと山村くんで全部だ。たった三人だけなので、昨日も、入部希望者が来なくて人数が足りないと嘆いていた。

しかし今日の春川くんは、昨日のように頭を抱えてはいない。むしろいきいきと目を輝かせていた。

「そしてそして、なんと！　新入部員がやってきました！」

「いやいや、入部が決まったわけじゃないから！」

眼鏡の田嶋くんが春川くんに素早く突っ込む。僕はふふふっと笑った。

「もしかしてそれが、後ろの？」

山村くんの背後にちらりと見える、もうひとりを覗き込む。その少女と目が合うと、僕はハッと息を呑んだ。

つやつやの真っ黒なロングヘアに、真新しい制服。どこかあどけない幼さの残る、かわいい女の子だ。

なぜだろう、胸がざわっとした。嫌な胸騒ぎではなく、喩えるなら美術館で大きなキャンバスに描かれた美しい絵を目の当たりにしたときのような感じだ。惹き付けられて、目を離せない。

毒気を抜かれた僕を、春川くんのハイテンションな声が現実に引き戻した。

「ね、すっげーきれいな子だろ！」

「あっ、うん。本当だね」

我に返ったものの、変にどぎまぎして早口になった。

なんだろうか。無垢であどけなくて、そしてなぜか儚げな少女だ。ひとつでも傷がついたらカシャッと砕け散るガラス細工のような、美しさと危なっかしさが同居している感じがする。ひと呼吸おいて、僕は改めて少女に向き直った。

「初めまして。お名前は？」

「……オ」

尋ねると少女は、戸惑いがちに口を小さく開いた。

「ん？」

「リ、オ」

少女が、文字をひとつずつ確かめるように発音する。僕はそれをゆっくりめに繰り返した。

「リオちゃん？」

少女は俯いてしまい、返事はなかった。代わりに春川くんが、僕の袖を引っ張る。

「多分、リオで合ってる」

「多分というのは？」

「日本語が得意じゃないみたいでさ、俺たちもまだちゃんと喋ってないんだ。フルネームもクラスも上手く言えない」

春川くんが肩を竦《すく》める。なるほど、海外出身、あるいは外国語を話す家族に育てられたとか、そんなところだろうか。どこかエキゾチックな印象があるのは、そのせいかもしれない。

「でも、強引に連れてきたわけじゃないぞ。な！　リオ」

春川くんが言うと、田嶋くんがフォローした。

「『入部希望者？』って訊いても首を傾げてるから、新入部員とは言いきれないんですが、昨日から部室に来てくれてるんです。今も、無理やり連れてきたわけじゃないけど俺たちについてきて、成り行きで一緒に帰ってる」

「そうなのか。リオちゃん、お友達できてよかったね」

僕は改めて、リオちゃんに微笑みかけた。リオちゃんもこくっと頷く。話すのは苦手なようだが、こちらの言葉は分かるみたいだ。

「部員に会いに行きたくなるくらい、軽音部の演奏が素敵だったんだね」

語りかけると、リオちゃんの顔がぱあっと輝いた。頬を紅潮させて、はにかみながら繰り返し頷く。目を大きく見開くと、睫毛の隙間から差し込む光で瞳が煌めく。どこの国の血だろう、独特な色みの、きれいな瞳だ。

それにしても無邪気な笑顔だ。この子がどれほどこの軽音部の演奏に感激したのか、しっかり伝わってくる。

彼女の真っ直ぐな反応を受け、春川くんたち軽音部メンバーは面食らって、各々が面映ゆげに目を逸らした。特に春川くんは、頬がほんのり赤くなっている。

「リオのそういうストレートなとこ、すごいよな」

もごもごと呟く春川くんを見上げ、リオちゃんは首を傾げていた。春川くんが、へへっと照れ笑いする。

「俺、演奏でミスしたけど、リオがよかったって思ってくれてるなら自信になる。ありがとう」

リオちゃんはしばし、春川くんを眺めてまばたきを数回繰り返していた。そしてやがて、ふわっと目を細めて大きく頷く。あどけない仕草は、小動物のように愛らしい。春川くんを見つめる瞳からは、彼への尊敬が滲み出ている。言葉がなくても、こんなに分かるものなのか。

春川くんとリオちゃんは、数秒、お互い見つめ合って無言のまま固まっていた。そんな春川くんに、長身の山村くんがいきなりヘッドロックをかける。

「おらー！　俊太、抜け駆けすんなよ」

「うわああ！　そんなんじゃないって！　放せ！」

突然の攻撃を受け、春川くんが叫ぶ。じたばたする彼を面白がって山村くんは笑い、田嶋くんは見慣れているようで呆れ顔で眺めていた。リオちゃんはびっくりしたようだが、じゃれているだけだと分かったようで大人しく見つめている。

春川くんが山村くんの腕を抜け出し、彼の肩を掴んだ。

「もう！　俺は別に、美人がいると部員がやる気出すし、注目も集まるし、新しい入部希望者がさらに集まってくるかもしんないって思っただけ！　別にひと目惚れとかしてないし！」

「分かった分かった！」

子犬のように怒る春川くんを、山村くんが笑いながら収める。そんなふたりを一歩引いて傍観する田嶋くんと、微笑むリオちゃん。青春を絵に描いたような光景だった。

山村くんが春川くんの頭頂部をぽんと叩く。

「んじゃ、俺そろそろバイトの時間だから行ってくる」

「俺も帰ろ。それじゃあ、小槇さん。お引き止めしてすみませんでした」

田嶋くんが会釈して去っていく。山村くんも、僕らに手を振って、バイトへ向かった。

春川くんが手を振り返し、小さなため息をつく。

「全くもう。山村はいつもああなんだよなあ」

それから彼は、少し頬を赤らめてリオちゃんを一瞥した。

「リオも、迷惑だったら怒っていいからな。ちゃんと言わないとあいつ、どんどん調子に乗るから！」

春川くんに言われるも、リオちゃんは返事はしなかった。ただ照れくさそうに、両手のひらを重ねて下を向いている。春川くんは再度彼女を横目に見て、さて、と切り替えた。

「俺も課題やんなきゃ。じゃあね小槇さん。リオも、またな」

春川くんが商店街の方向へと歩き出す。リオちゃんは、ちらっと僕を見てお辞儀をし、すぐに春川くんを追いかけはじめた。追われていることに気づいた春川くんが、振り向きながら驚いている。

「えっ、リオも家、こっち？　じゃあ、うちによく来る猫、見においでよ。黒いやつ。かわいいよ」

春川くんの元気のいい声が遠ざかっていく。

僕は手に提げたアジフライを見下ろした。そろそろお腹が空いた。

「青春っていいなあ」

口の中で呟いて、僕は帰り道を歩き出した。


その日から一週間と少し、僕は何度か、春川くんとリオちゃんが一緒にいるのを見かけた。パトロールをしているとよく遭遇する。惣菜屋さんの前だったり、学校の傍だったり、フェンス越しに見える校内の花壇だったり、場所は様々だ。春川くんがなにか話しかけていて、リオちゃんはそれを楽しそうに聞いていた。

ある当直の日の夕暮れ時、パトロールに出掛けようとしたらおもちさんがついてきた。

「どれ。吾輩が同行してあげますにゃ」

「今日は来る日なんですね」

「気が向いたのですにゃ」

といってもおもちさん自身が歩くのではなく、自転車のカゴに入って僕に自転車を引くように促してくるのだ。

おもちさんは、たまにパトロールについてくる。大体途中で飽きて、知らないうちにどこかへいなくなっている。そして僕が交番に帰る頃には、先に戻っている。

商店街に入り、惣菜屋さんの前を通る。揚げ物でも買っていこうかと思ったのだが、生憎今日は休みだった。閉まったシャッターに、「定休日」の貼り紙がくっついている。

僕は一旦立ち止まって、店の脇の路地を覗き込んだ。この間見た黒猫、春川くんが「おのりちゃん」と名付けた猫はいないかと捜してみたのだ。しかし相手は野良猫である。都合よくいつでも現れるものではない。

「なにか捜してるのですかにゃ?」

おもちさんが訊いてきた。僕はもう少しだけ、薄暗い路地に目を凝らす。

「黒い猫。春川くんに懐いてて、ここによく来るんだって」

「ふうん」

「でも今日はいないみたいです。うーん。猫って一日、どこでなにして過ごしてるんだろう」

なんて、猫であるおもちさんに向かって話すのも不思議な感じがする。

「ねえ、おもちさん。おもちさんって人語を話しますけど、猫同士でお喋りすることもできるんですか?」

尋ねると、おもちさんはカゴから顔だけ出して言った。

「もちろんですにゃ。猫はもちろん、犬も、鳥も、虫も植物も、どんなものとでもコミュニケーションは取れますにゃ。人間と話せるのも、その一環に過ぎないのですにゃ」

「本当に？　すごいですね」

おもちさんは知れば知るほど謎が深まる。おもちさんの目が、ご機嫌に細くなった。

「吾輩が特別なわけではないですにゃ。小槙くんにもできますにゃ」

「できませんよ。僕、人間以外とは会話できません。日本語しか話せないから人間同士でも相手が外国語だと話せませんし」

「なにもコミュニケーションとは、言語だけではないですにゃ」

おもちさんがカゴの縁《へり》に顎を乗せる。

「相手の声を聞こうとする気持ちさえあれば、案外なんとかなるものですにゃ」

おもちさんは時々、こういうよく分からないことを言う。気持ちさえあれば通じ合えるという理想は分かるのだが、現実的には、なかなかそうもいかない。だというのに、おもちさん自身はどんなものとも対話ができるらしい。実際、人間ともこうして会話をしている。なんて、おもちさんの場合いろいろな条件が特殊だから、この猫の感覚に合わせて考察すること自体、無意味かもしれない。

おのりちゃんは見当たらないし、惣菜屋さんも休みだ。僕は気持ちを切り替え、パトロールに戻ろうと爪先を行く手へ向けた。

そのとき、ちょうど正面から歩いてくる春川くんを見つけた。リオちゃんと一緒ではなく、ひとりでいる。

「あ、春川く……」

声をかけようとして、僕は途中で呑み込んだ。春川くんが、彼に似つかわしくない複雑な顔をしていたのだ。

春川くんのこんな表情は、見たことがない。立ち止まった僕に、春川くんの方が気づいた。燻った顔がぱっと明るくなる。

「小槙さん！　パトロールお疲れ様！　あっ、今日はおもちさんも一緒なんだ！」

まるでなにも考えていないかのような顔つきを見せてくる。

「ここで立ち止まってなにしてるの？　もしかしておのりちゃん？　なんかさ、最近あんまり来ないんだよなあ」

駆け寄ってきた彼は、無邪気に路地を覗いた。

「特にリオがいるとき。リオにも見せたいのに、全然現れない。ギターの練習してると、いつの間にかベランダにいるんだけどね」

笑顔を作る前の顔を見てしまった僕は、同じように笑い返せなかった。

「難しい顔してたね。考え事？」

「俺が？　そう見えた？」

「見えたよ」

そんな会話をしていると、にゃーんと高い声が聞こえてきた。春川くんが素早く反応する。

「おのりちゃんか!?」

彼の声に引き寄せられるようにして、タタタッと足音がした。僕も覗き込むと、路地裏の細い道を、一直線に駆けてくる黒猫の姿を見つけた。春川くんが地べたにしゃがみ、おのりちゃんの頭を撫でる。

「ここで会うのは久しぶりだな。よしよし、かわいいな」

おのりちゃんは春川くんの手に、すりすりと顔を擦り付けていた。そんな様子を眺めつつ、僕は真剣な顔で尋ねた。

「困ってることがあるんなら、相談に乗るよ」

それでも、春川くんはおどけた口調ではぐらかす。

「うーん。おまわりさんに相談するようなことではないかな」

「おまわりさんとしてじゃなくて、君の友人のひとりとして」

と、言ったのは僕ではなく、おもちさんだった。僕も春川くんも、思わず振り向く。おもちさんは、自転車のカゴの中で気だるそうに丸くなっていた。

目をぱちくりさせる春川くんへ、僕は改めて顔を向ける。

た。

「僕じゃなくてもいいから、困ってるときは周りを頼っていいからね」

春川くんはしばしおもちさんを見つめていたが、やがてがっくりと大きなため息をつい
「そんじゃあ、お言葉に甘えて。もうほんと、どーしよー」

開き直った春川くんが、顔をくしゃっと歪める。

「リオ、多分入部希望じゃないっぽい。楽器を手渡しても首を横に振るばっかり」

「そっか、リオちゃんが入部してくれたらきっと楽しいのにね」

僕は聞きながら眉間を押さえる。

「でも、放課後よく一緒にいるよね。相変わらず部室には来てくれてるんだ？」

「うん。必ず来てくれるよ。けど演奏には参加しない。俺たちが練習してる傍に座って、音を聴いてる」

春川くんは、アスファルトを睨んで唸った。

「リオって日本語に不慣れというか、喋んないでしょ。だけど時々、『あー』とか『ん』とか、小さい声で呟くことがあるんだ。その声がさ、その」

彼は目を泳がせ、顔を伏せた。

「すごく、かわいいんだ」

そう言った春川くんの声は、遠慮がちに小さく萎んで、僅かに震えていた。僕は自転車

に寄りかかって、黙って聞いていた。おのりちゃんが丸い目をぱっちり開いて、春川くんを見上げている。数秒の沈黙の後、春川くんは早口に付け足した。

「か、かわいい声だからさ、ぜひボーカルとして入部してほしいなって思ってるんだ！俺が歌うより華やかだしさ」

照れ隠しみたいに、わしゃわしゃとおのりちゃんの顔を撫で回している。

「リオがメンバーになってくれたら嬉しいんだけどな。でも無理強いはできないもんなあ」

かわいらしい悩み事に、僕はくすっと笑った。

「それが悩みだったんだ。入部してもらえるように、リオちゃんを説得してみたら？」

「もちろんしたよ。田嶋と山村からもお願いしてくれてる。でもリオは首を横に振るんだ」

春川くんが真面目な顔で俯く。

「なんでかなあ。部室には毎日来てくれるし、放課後も一緒にいてくれる。俺たちのこと嫌いなわけじゃないとは思うんだけど……」

おもちさんはなにも言わない。寝ているのかもしれない。

春川くんは、改めて僕を見上げた。

「リオは言葉を話さないけど、言いたいことは分かるんだ。リオが軽音部を好きでいてくれてるのも、……中でも俺のこと特に慕ってくれてるのも、分かる。だから俺も、あの子に傍にいてほしい」

そこで、彼は少し声を詰まらせた。僅かに視線を漂わせてから、ひとつ、まばたきをする。

「リオが俺の隣に座って、練習してるのを聴いてくれてる……あの時間が、すっごく心地いいんだ」

彼の目は、不安げで戸惑いがあって、それでいて真っ直ぐだった。

にゃあ、と、おのりちゃんが鳴いた。春川くんの手の甲に額を押し付けて、甘えている。春川くんはそれに応えるように、猫の頭を撫でた。

ふいに、自転車のカゴの中から声がした。

「時々、欲しくて欲しくてたまらないものが、手に入らないときがありますにゃ」

おもちさんが、ぽつぽつと眠そうに喋っている。

「小槙くんは『おやつは一日ひとつ』と言って、吾輩からおやつを取り上げるのですにゃ。吾輩はいつだって、肉団子も鮭とばも両方食べたいし、鰹節もちりめん干しも鳥ササミのおやつも全部食べたいのに」

三角の耳の先が、少しだけ下を向く。

「吾輩は欲張りな猫ですにゃ、欲しいものは全部手に入れるのがいちばんいいって思うですにゃ。しかしながら時として、どうしても諦めなくてはならないときがありますにゃ……」

「どうしたんですか、おもちさん」

僕は丸い背中に呟いた。しかしおもちさんからの返事はない。

「おもちさ……」

正面から顔を覗き込んで、僕は呼びかけた名前を切った。おもちさんは、カゴの底に顎をつけて眠っていたのだ。

「寝言だったのか？」

呆然とする僕の足元で、春川くんが噴き出した。

「あはは！　なんか深いこと言い出したのかと思ったら、おやつの話か。おやつの夢見てるのかな」

眠っているおもちさんは、桃色の鼻を僅かに動かして寝息を立てていた。

この猫の寝言みたいな発言を機に、春川くんは神妙な顔をやめた。

「おもちさん見てたら、自分の悩みがすごく小さいことに思えてきた！　よーし、明日もリオを勧誘するぞ」

いつもどおりの屈託のない笑顔に戻り、彼は開き直った。そして、よし、と切り替えて僕に手を振る。

「小槇さん、お仕事中なのにありがと！　んじゃ、俺、帰るね」

春川くんは立ち上がる前に、おのりちゃんの頭をぐりぐりと撫でた。

「おのりちゃんも、またな。また会いに来てくれよ」

腰を上げた彼は、惣菜屋さんの二階である自宅へと歩き出す。僕はふと、春川くんがおもちさんを撫でて願掛けしようとしていたことを思い出した。それを忘れて帰ってしまう彼に呼びかけようとしたが、その頃には春川くんの後ろ姿は見えなくなっていた。

僕もパトロールに戻ろうと、自転車のハンドルを握り直した。足元で、みい、と小さな声がする。細身の黒猫が、ビー玉のような目で春川くんの消えた方向を見つめていた。


当直だった僕は、交番で夜を迎えた。数時間前に笹倉さんが退勤し、おもちさんは仮眠室で寝ている。僕ひとりのこの場所は、世界から切り離されたみたいに静かだった。

静寂の中、僕は給湯室でインスタントのコーヒーを淹れた。湯気が立ち上るマグカップの中は、黒い水面が蛍光灯の明かりを反射させている。

それを持って、二階の仮眠室へ入る。窓が少し開いたままだったようで、室内のカーテンが僅かに揺らめいていた。サイドテーブルと並んだベッドの上には、丸くなって寝ているおもちさんの姿がある。その姿を横目に、僕はベッドの端に座った。コーヒーをひと口啜る。「あつっ」と呟いた自分の声は、無音の室内の空気に反響もなくしんと吸い込まれた。カップに息を吹きかけると、白い湯気がゆらりと歪む。

ふいに、疑問が頭に浮かんだ。リオちゃんはなにをしに、軽音部の部室へ来ているのだろう。

入部するつもりはなさそうだから、単純に友達として遊びに来ているのだろう。或いは軽音部のファン。放課後も一緒に遊んでいるくらいだ。軽音部員たちとしてはなんとかして彼女をメンバーに取り入れたいが、当のリオちゃんにそのつもりはない。そんな構図である。

彼らのことを思い浮かべたと同時に、僕は丸くなって眠るおもちさんに目をやった。あの後、おもちさんは交番に帰るまでぐっすりだった。帰ってきたと同時に目を覚ましておやつを催促してきたが、当然僕は断った。たくさん寝たのに、今もよく眠っている。猫は一日の大半を寝て過ごすというから羨ましいものである。

僕はコーヒーにさらに息を吹きかけ、ひと口啜った。溶かした砂糖が多すぎたか、べたっと甘い。だけれど、隠しきれない苦味を遠くに感じる。微かな風が、部屋のカーテンを浮かせた。カップの中の黒い円を覗いて、僕はひとつまばたきをする。

春川くんの横顔が脳裏に浮かんだ。

『リオが俺の隣に座って、練習してるのを聴いてくれてる……あの時間が、すっごく心地いいんだ』

そう言った春川くんは、どこか戸惑いがあって、それでいてうっとりしていた。

リオちゃんを仲間に引き入れたい理由は、ただ単に、部員を増やして軽音部を存続させたいだけ、ではない。春川くん自身も、多分自分でそう思っている。しかしその感情の名前を知らない。知らないけれど、それが良いものであるのは分かる、というような。どこかあどけなくて、無垢な横顔だった。

静まり返った室内で、コーヒーに息を吹きかける。湯気がまた、ふにゃりと歪む。

僕の息遣いだけが聞こえていた室内に、ふと、くあ、と欠伸が聞こえた。寝ていたおもちさんが目を覚ましたようだ。ベッドから飛び降りて、僕の足元を横切っていく。僕は声をかけようとして、やめた。のそのそと歩いていくおもちさんの背中を、ぼんやりと眺めてみる。おもちさんは窓辺へ歩み寄ると、器用に桟に飛び乗り、カーテンの裏側へと潜っていった。

いくら猫でも、二階の窓から落ちたら危ない。僕はコーヒーをサイドテーブルに置いて、おもちさんの消えたカーテンを捲った。おもちさんの姿はすでになく、開いた窓から風が吹き込んでくるだけだった。窓の外へ顔を出す。そこで僕は初めて、今夜が満月であることを知った。天上の白い円が煌々と、夜の闇に呑まれた町を照らしている。月が明るいおかげで、建物の輪郭がぼんやり光って見えるのだ。

おもちさんは見当たらない。太っているとはいえ、猫だ。意外と俊敏な動きで、高いところを移動する。屋根から屋根へ飛び移ったのだろう。

捜すのを諦めて顔を引っ込めようとした、ちょうどそのとき。真上から声がした。

「もう、よろしいのですかにゃ？」

わっ、と叫びそうになった。案外と近くから、おもちさんの声がする。見上げれば、交番の屋根の上から、短い尻尾がはみ出していた。

「折角ここまで来たのに……なんて、吾輩が言うのもおかしいですかにゃ」

自分に話しかけられたのかと思って返事をしかけ、僕は途中で呑み込んだ。おもちさんの尻尾の横に、もうひとつ影がある。ぷらんと垂れ下がる、黒い尻尾だ。色が暗いせいで闇夜に溶けてしまっていたが、目を凝らせば見える。月の光に輪郭を照らされて、仄かに浮かび上がっている。

「昔からよくいるのですにゃ。叶わぬ恋をしてしまう、愚かな者たち」

頭上には、コンパスで描いたような満月。

「人間は不思議な生き物だから、もっと傍でよく見てみたくなる。もっと傍に、もっと傍に……そうしているうちに、いつの間にか心をすっかり奪われるのですにゃ。君もそうだったのでしょう？」

真夜中の静かな闇の中、眠くなるような声がゆっくりと言葉を紡ぐ。

「君はあの子が奏でる音が好きだった。毎日傍で聴いていたかった。分かりますにゃ。吾輩も、人間のそういうところが好きですにゃ」

僕は窓の桟に手を乗せて、黙って暗闇の町を眺めていた。

「しかしながら近づきすぎるとだいたい、自分が悲しい気持ちになるのですにゃ。適切な距離があるのだと、思い知らされるのですにゃ」

星は殆ど見えない。

「ん？　愚かと思っていながら、なぜ吾輩が力を貸すのかって？　……たしかに、叶わないことが分かっているのに手助けをしてしまったのは、叶わない悲しみを助長させるだけかもしれないですにゃ」

小さな星影は、月の光に吸い込まれて薄く消えている。

「だけれど、恋にすらなれなかったまま諦めるのより、ずっといいと思うのですにゃ。一秒でも、一瞬でも、彼が君を想ってくれたら……たとえ叶わなくても、それは立派な相思相愛ですにゃ」

風は殆どない。

「して、本当にもう、よろしいのですかにゃ？　もう満足したのですかにゃ？」

そう言ってから、おもちさんは数秒間無言になった。黒い尻尾は垂れ下がったまま動かない。僕は桟の上で頬杖をついて、春の夜のぬるい空気を吸っていた。

　おもちさんが、再び声を出す。

「分かったですにゃ。君がそういうなら、これで終わりにしましょうにゃ」

　いつもどおりの、まったりした話し方である。

「悔いることはないですにゃ。君は言葉を話せなかった。猫だから仕方ないですにゃ。でも、コミュニケーションとは言語だけではないですにゃ。相手の声を聞こうとする気持ちさえあれば、案外なんとかなるものですにゃ」

　聞き覚えのあるフレーズだ。

「君は彼の奏でる音楽が好きで、歌声が好きで、彼を囲む友人たちと、その中にいる彼の笑顔が好きで、彼が付けてくれた名前が好き。名前、上手く発音できなくてちょっと間違って伝わっちゃったようだけど……でも、きっと伝わっているですにゃ」

　その言葉を最後に、おもちさんの声はしなくなった。黒い尻尾がようやく動き出し、僕の視界から消える。おもちさんのお尻はしばらくそこにあったが、数分もすると立ち去った。

　僕はふうと、息をついた。なんだか、とても不思議な現場に居合わせた気がする。だけれどおもちさんそのものが不思議な猫だから、今更かな、とも思うのだ。

あの夜から一週間が経った。

「田嶋、山村！　見て見て、これがおのりちゃん！」

制服姿の春川くんが、軽音部の仲間ふたりを連れて惣菜屋さんの前に座り込んでいた。

彼の足元には、黒い猫がいる。田嶋くんと山村くんは、それを囲んで感嘆していた。

「わあ、かわいい！」

「やっと会えたな。なかなか実物に会えなくてやきもきしてたんだぞ」

わいわい集まる高校生たちが、賑やかに歓声を上げている。惣菜屋さんのカウンターからは、春川くんのお母さんがその様子を眺めていた。

自転車を引く僕が通りかかると、春川くんがすぐに気づいた。

「小槙さん！　ほら、おのりちゃんいるよ。触ってく？」

「ありがと。ちょっと撫でていこうかな」

自転車のスタンドを立てると、おのりちゃんが顔を上げた。エメラルドグリーンの瞳が、僕を見ている。僕は春川くんの横にしゃがんで、懐っこい黒猫の額に指の腹を置いて二、三度だけ往復させた。

僕の仕草を眺めつつ、春川くんが唇を尖らせる。

「にしてもさ、もうゴールデンウィーク始まっちゃうよ。新入部員、とうとう来なかった」

四月の末。軽音部は相変わらず、部員が増えないらしい。僕は苦笑いで問うた。

「リオちゃんは？」

「ぱたっと来なくなっちゃった。あんなに毎日、部室に来てたのにな」

春川くんが不服そうに呟いた。僕は、黒猫と視線を結ぶ。猫は無表情で、僕に視線を返すばかりだ。

僕の背中に、くははと笑い声が降ってきた。

「残念だったな俊太！　お前、リオのこと好きだったんだろ」

からかうのは山村くんである。春川くんがばっと頭を擡げた。

「はあ!?　お前またそういうこと言う！」

「あはは。耳まで真っ赤だぞ。分かりやすい奴だな」

山村くんが笑う。黙っていたカウンターのおかみさんが、えっと声を上げた。

「やっぱり！　好きな子でもできたのかなって思ってたのよ。その話、詳しく……」

「母ちゃんは黙ってて！」

春川くんはバネのように立ち上がって山村くんの肩に掴みかかった。

「ほらもう、山村が変なこと言うからだよ！」

「好きだったからしつこく勧誘して、それが鬱陶しくてリオに逃げられたんじゃねえの」

「違う！　……と思う！　そんなしつこくしてないし！」

取り乱す春川くんを、田嶋くんが呆れ顔で制する。

「まあまあ、大騒ぎすると悪目立ちするぞ」

そんな様子を、黒い猫は静かに見上げていた。

春川くんに掴まれていた山村くんは、上手いこと彼の手を払って、代わりに田嶋くんの手首を握って走り出した。

「逃げろー！　田嶋も、行くぞ！」

「えっ、ちょっと。俺まだおのりちゃん撫でてないんだけど」

山村くんが楽しげに商店街を疾走していく。不満げな顔の田嶋くんも引きずられていった。そんなふたりを睨み、春川くんが震えている。

「全くもう。山村ってああいうとこあるんだよな」

追いかけるでもなく、彼は再び腰を下ろした。自分を見つめていた黒い猫に、指先を差し出す。

「山村が言うような感情については、ひとまず置いといて。やっぱりリオが来なくなったのは、寂しいっちゃ寂しいんだよな」

彼の指に、おのりちゃんが擦り寄る。僕はその気持ちよさそうな顔をじっと観察していた。

「とはいえ、なんとなくこうなる気はしてたんだ。だって」

春川くんが、徐《おもむ》ろに言う。

「リオなんて生徒、存在しなかったんだもん」

「……え」

聞き間違えかと思った。固まった僕を一瞥し、春川くんは猫を撫でる。

「言ってなかったっけ？　新一年生の中に、『リオ』なんていなかったんだよ」

改めて聞かされても、耳を疑うような話だった。

リオちゃんは部室には来るものの、入部の希望はしなかった。フルネームもクラスも口にしない。春川くんは彼女の詳細を確かめようと、一年生の先生の元へ確認しに行ったという。

しかしそこで得られた情報は、名簿のどこにも彼女らしい名前がないこと。容姿を伝えても、先生がはっきり思い出さなかったこと。

「それでも俺、怖いとか不気味だとかは思わなかったんだ。前にも話したけど、リオが軽音部を、俺のことを好きでいてくれてるの、伝わってきてたからかな」

春川くんは、にっこりと目を細めた。

「何者なのかとか正体とか、どうでもよかったんだ。俺が好きなのはリオであって、それはあの子がなにであっても変わらないんだから」


数日後。僕は交番のデスクで、おもちさんと一緒に煮干を食べていた。

「おもちさんって、やっぱり不思議な力を持ってるんですか？」

「不思議な力とは？」

「たとえば、動物を人間の姿にするとか」

ポリポリと煮干を齧って、そんな質問を投げかける。おもちさんはこちらを見もしなかった。

「気が向いたら、するかもしれないですにゃあ」

「できることはできるってこと？」

「さあ。なんにせよ、吾輩がお節介を焼くより自然に任せた方がいいですにゃ。そんなことより煮干がおいしいですにゃ」

おもちさんは煮干に夢中で、僕の疑問を真剣に取り合わない。僕はもうひとつ、煮干を摘んだ。

「それはそうと、春川くん、猫を飼い始めたらしいですよ」

「ふうん」

「ベランダに遊びに来てた黒猫。家族と話し合って、家で飼うことにしたんだって」

「そうですかにゃ」

おもちさんがもぎゅ、と煮干を飲み込む。

「それはそれは……よかったですにゃあ」

「ね。これからはもっとずっと、傍にいられますね」

あの少女に初めて会った、夕暮れの土手を思い浮かべる。記憶の中に佇む少女は、そのビー玉のような瞳で、無邪気な少年を追いかけていた。

大騒ぎはお断り

「取材ですか？」

五月半ばの、日曜日の朝。本署、すなわち所轄の警察署を経由して出勤してきた僕は、まさにその警察署から来た、一本の連絡の存在を聞かされた。柴崎さんが相変わらずの冷ややかな顔で僕を一瞥する。

「はい。撮影日は来月です。テレビ局のスタッフが来ますが、短いコーナーなので撮影はそれほど長くはかからないそうです」

「て、テレビ！」

それは平凡な僕の心を躍らせる知らせだった。

「映るんですか、この交番！」

「そうですね」

浮き立つ僕を、柴崎さんはあっさりあしらう。その冷淡な面持ちは、僕のデスクの上のおもちさんに向けられるなり、僅かに緩んだ。

「言葉を話す猫ですからね。テレビ局も放っておかないんです」

地元のローカル局ツキトジテレビの、「わくわくどうぶつワンダーランド」。土曜日の夕飯時より少し早いくらいの時間に放送している、動物番組である。先日も当直の日にテレビを点けたらこれが放送されており、僕はおもちさんと一緒に観ていた。内容としては、かわいらしいペット動画から野生動物の驚きの生態、動物園の一日やら感動ものまで幅広い。

今回、出演オファーがあったのはもちろん、おもちさんである。この番組におけるコーナーのひとつ、ペットの面白特技の紹介として取材を受けることになったのだ。

「すごいですね、おもちさん！　僕、おもちさんが言葉を話す猫だって知ったときからずっと、『テレビに出られちゃうよなあ』って思ってたんですよ」

僕はデスクの上のおもちさんに顔面をうずめた。今でこそ慣れてきているが、猫が喋るなんて世界的な発見とも言えるはずなのだ。おもちさんの背中に頬擦りをして、はたと顔を上げる。

「有名人……いや、有名猫になっちゃいますね。僕もテレビに映っちゃうかもしれない。取材の日は……あっ、週休！」

僕はそわそわとカレンダーを捲って、来月の撮影日に思いを馳せた。柴崎さんが呆れ顔で僕を観察している。

「撮影の日は直前で前後することもあると聞いています」

「そうなんですか。いずれにせよ僕が休みだったとしても、来てもいいですか？」

「そんなに楽しみですか？」

「楽しみですよ！　だってテレビですよ、わくわくするじゃないですか！」

　テレビの向こう側なんて、自分には縁のない世界だと思っていた。たとえ全国放送でなくても、この町が映るのは嬉しい。

「これがきっかけになっておもちさんが有名になったら、よそからたくさんの人がおもちさんに会いに来ますよ。そしたらこの町は活性化する。商店街も盛り上がりますね！　そうだ、おもちさん自身が取材陣を連れて町を散策して、見どころを紹介するとか、面白そうじゃないですか？　猫が案内する町ブラ番組なんて、過去に例がないですよ」

　しかし、テンションが上がっているのは僕だけだった。

　柴崎さんが朴訥としているのはいつものことながら、主役のはずのおもちさんまでも、デスクの上でつまらなそうに無言を貫いている。

「おもちさーん、嬉しくないんですか？　もしかして緊張してます？」

　僕は少し前屈して、おもちさんの顔を覗こうとした。だがおもちさんは、ぷいっと顔を背ける。

「小槙くんはこんなことに興奮して、子供っぽいですにゃ」

「ええー！　だって嬉しいじゃないですか！　テレビに映るんですよ？」

おもちさんの頭をぐりぐり撫でて、顔をこちらに向けさせる。おもちさんは鬱陶しそうに目を閉じていた。

「面倒ですにゃー」

「意外。もっと乗り気だと思ったのに」

冷めた反応をするおもちさんに、僕はメリットを指折り言い聞かせた。

「かつぶし町のＰＲになれば、観光客で賑わいます。おもちさんは縁起物扱いだから、毎日たくさんの人が撫でに来ますよ。かわいいってちやほやされます。おやつもいっぱい貰えますよ」

「だとしても、おやつは小槙くんが制限するのでにゃんしょ？」

「それはそうですけど」

「つまらんですにゃ」

おもちさんは耳をぺたんと下げて、僕のデスクから飛び下りた。トコトコ歩いて、柴崎さんの膝へと移動する。膝に猫が来ると、それまで硬かった柴崎さんの表情筋がふにゃっと緩んだ。嬉しそうに背中を撫でたあと、彼女はスッと真顔に戻る。

「仕事に戻りましょう」

柴崎さんはおもちさんを膝に乗せたまま椅子を引いた。おもちさんの体が、柴崎さんと彼女のデスクとの間に吸い込まれる。柴崎さんはおもちさんの真上に腕を伸ばし、デスクのパソコンに向かいはじめた。

柴崎さんとは、少しは距離は縮まったものの、まだペースを掴みかねている。今ももうちょっと話したかったのに、会話が終わってしまった。しかし、彼女の真面目な性格は把握している。仕事の時間に関係ない会話に時間を割くのを嫌うのは承知していた。集中する彼女の邪魔はできず、僕は大人しく引き下がった。柴崎さんを見習って、頭を仕事モードに切り替える。

しかし資料を広げはじめても、思考の端っこにちょこちょこと、今しがたの話題が横切ってくる。

おもちさんのことだから、取材が来るとなればもっと喜ぶかと思った。「吾輩の愛らしさを多くの皆々様方に知ってもらう好機到来ですにゃ」とか言って、自信満々に臨みそうなものである。だというのに当のおもちさんは、あのとおり全く乗り気でない。

どうしてだろう。言葉を喋るとはいえ猫だし、テレビ局から来る知らない人とか、大きな撮影機材が怖いとかだろうか。いや、おもちさんはそんなタマではないと思うのだけれど……。

そんなことを考えていると、入口の引き戸が軋みながら開いた。

「小槙さーん、おはよう」

顔を覗かせたのは、春川くんである。

「さっきうちの店に笹倉さんが来てさ。おもちさんにテレビの取材が来るって聞いたから、おもちさんに会いに来た」

彼はカウンターに腕を乗せ、前のめりになった。僕はちらと、柴崎さんに隠れて静かにしているおもちさんに目をやる。

「意外と大人しいよ。緊張してるのか、なんなのか」

僕がこたえると、春川くんはきょとんとしてまばたきをした。

「意外？　あっ、そっか。小槇さんはこれが初めてかあ」

カウンターに頬杖をついて、彼は柴崎さんのデスク下を覗き込んだ。

「おもちさんはいつもこうだよ」

「いつも？」

僕はしばし春川くんを眺め、おもちさんの方を横目で見、また春川くんを見上げた。

「こういう取材、以前にもあったの？」

「うん。俺が覚えてるだけでも五、六回くらいかなあ。親父から聞いたのも合わせると、もっとたくさん」

さらっと言われて、僕は数秒固まった。おもちさんが取材を受けるのは、これが初めてではないようだ。喋る猫おもちさんは、すでにメディアから発信されていたのだ。

だとしたらとっくに大騒ぎになっていそうなものだが、現実はこのとおりである。

なんで？　と僕が口にする前に、柴崎さんがくるんと事務椅子を回し、春川くんの方を向いた。

「春川くん。ここは交番ですよ。遊びに来るところではありません」

「えー、市民がおまわりさんに親しんでるんだからいいじゃん」

春川くんが唇を尖らす。僕は黙って、柴崎さんの膝の上を見ていた。彼女が椅子を回転させたことによって、デスクと彼女との間に隠れていたおもちさんが露出している。その顔は存外不服そうで、気だるげだった。

春川くんはカウンターから肘を離した。

「お仕事の邪魔はしないのに。まあいっか、おもちさん、今度こそうちの店、テレビで紹介してね」

彼はいたずらっぽく笑っておもちさんに手を振ると、鬼ごっこをする子供のように楽しそうに交番を出ていった。

引き戸が閉まると、柴崎さんは再び椅子を回し、パソコンに向き直る。黙々と仕事に打ち込む彼女を横目に、僕も自分の仕事に戻った。

それにしても、おもちさんはいつテレビに出ていたのだろう。言葉を話す猫として取り上げられていたら、全国的に……いや、世界規模で話題になっているはず。僕もその噂くらいは耳にしているはずだ。

なぜ、今まで騒ぎにならなかったのか。純粋な疑問が頭の中を行ったり来たりする。

なんて落ち着かずにいると、デスクで電話が鳴った。気持ちを切り替えて受話器を取る。

「はい、かつぶし交番です。……えっ、道端でおばあちゃんが座り込んでる？　はい、すぐ向かいます」

通報を受けるなり、僕は席を立ち上がった。

「かつぶし橋の辺りで、動けなくなってる女性がいるとの連絡がありました。行ってきます」

「お願いします」

柴崎さんの返事を聞きつつ、僕は身支度をして外へ飛び出した。

交番の外は、日差しに照り付けられていた。このところ雨が多かったせいか、空気がむわっと蒸している。早くも汗が滲んできた。僕は自転車に跨がり、現場であるかつぶし川のかつぶし橋へ向かおうとした。ペダルを踏んだ途端、横からぴょんっと白い塊が飛び出してきた。

「わっ！」

思わず自転車ごと転びそうになる。改めて見てみると、自転車のカゴの中におもちさんが入っていた。僕が出かけるのを見て、ついてきたようだ。おもちさんは顔をこちらに向け、言った。

「もたもたしてないで現場に急行するのですにゃ」

「は、はい」

おもちさんを連れていく意味は全くなかったのだが、降ろしている時間も惜しい。僕はおもちさんをカゴに入れたまま、ペダルを漕ぎだした。


連絡があったとおり、橋の袂には白髪のおばあさんが座り込んでいた。その周りには主婦らしき女性とその子供らしき三歳くらいの男の子、犬を連れた中年の男性、中学生くらいの少年がふたりと、人が集まっている。そのうちひとり、中学生ほどの少年がこちらに手を振った。

「おまわりさーん、ここです！」

「はい、お待たせしました！」

僕は自転車で駆けつけ、道の脇でスタンドを立て、おばあさんの前にしゃがんだ。見てみると彼女は、意識ははっきりしており、むしろピンピンしている。

「もう、大袈裟ねえ。転んじゃっただけだから大丈夫よ」

会話もできる。僕はほっとひと安心した。その横で、主婦風の女性が口を挟んだ。

「あら、でもなかなか立てなかったでしょ。どこか折れちゃったかもしれないから、大袈裟なくらいがちょうどいいのよ」

彼女はこちらを振り向き、僕に事情を話しはじめた。

「この方が道の真ん中で倒れていたのを、息子が見つけたんです。それで、車が来るといけないから、こっちに移動して……」

話によれば、土手の車道付近でこのおばあさんが転んで、立ち上がれずにいた。それを主婦の幼い息子が発見、手を貸そうとしたところを、犬の散歩中の男性が手伝ってくれた。そこへ中学生の少年が通りかかり、持っていた水でおばあさんの捻った足首を冷やし、もうひとりはこの光景を見てなにごとかと思い、慌てて警察に連絡を入れた、とのことである。

「つまり全員、通りすがりなんですね」

僕が確認すると、集まっていた面々は各々顔を見合わせ、頷いた。この人たちは全員、誰ひとりとしてこのおばあさんの身内ではないという。皆、おばあさんを放っておけずに集まって、自分にできることを考えてくれた他人たちなのだ。僕は彼らに、畏まって一礼した。

「皆さん、ありがとうございました。この暑さだと、立ち上がれないまま熱中症になっていたかも」

主婦の女性はにっこり微笑み、幼い子の手を握る。

「いいのよ、お互い様だもの」

彼女を横目に、犬連れの男性が小さく会釈する。

「もう大丈夫そうですね、あとよろしくお願いします」

彼が去っていくと、タイミングをはかっていた少年ふたりもお辞儀してそれぞれ去っていき、主婦とその息子も僕に現場を預けて立ち去った。

僕は改めて、おばあさんに問うた。

「歩けますか？　湿布を貰いに、かつぶし医院までお送りしますよ」

「ええ、ありがとう。肩を貸してくださる？」

「もちろんです。おもちさん、すみませんが自転車見ててください。すぐに戻るので」

僕はおもちさんに声をかけつつおばあさんを支え、おばあさんは僕の肩に腕を回し、ゆっくりと歩き出した。幸い、かつぶし医院までは五分程度の距離だ。

おばあさんが目を細め、呟いた。

「この町の人たちは、お節介なくらい優しいわ」

落ち窪んだ目が、少年から受け取ったらしきペットボトルを見つめている。

「私は大丈夫なのに、こんなに大ごとに……。私が事情を言う前に、交番に電話しちゃうんだもの。救急車まで呼ぼうとしてたから、それはなんとか止めたけれど」

おばあさんが苦笑する。

「おまわりさん、お忙しいでしょうに、こんなことでお呼びしてごめんなさいね」

「いいんですよ。困ってる人を助けるのが、僕らの仕事なんですから」

「以前転んだときもね、近くにいた人が駆け寄ってきてくれたの。怪我はないか、骨は折れてないか、って」

ペットボトルの中の水が、日差しを受けてきらきらと星を浮かべている。

「私ね、娘がいるのだけど、上京して向こうで家庭を持っているから、お盆とお正月くらいしか会わないの。その上、主人に先立たれてもうずっとひとりでね……」

おばあさんは訥々と、僕に語りかけた。

「だけど不安じゃないのよ。私になにかあっても、この町の人はすぐに気づいてくれる。おまわりさんも、こうして私たちの生活をしっかり気にしていてくれる。だから、ひとり暮らしでも、孤独ではないのよね」

おぼつかない足取りが、アスファルトをゆっくり歩いていく。

「きっとこの町が、小さくて静かな町だからよね。人と人との距離が近くて、支えあって生きているの」

「そうですね」

この町にやってきて、三ヶ月程度。僕もこの町の温かさを、毎日のように体感している。町の人々はなぜか皆してお節介焼きで、人情に篤い。たまに事故や口論があって警察が駆けつけるも、大体現場は半ば回復している。コミュニケーションの密度が高い故に、住民同士の仲が良く、フォローし合っている証だろう。

おばあさんは僅かに目を上げ、ふふっとはにかんだ。

「もっと賑やかに栄えてほしい気持ちもあるけれど、それで町が忙しなくなってしまったらちょっと寂しいわね。いつまでもこうであってほしいと思ってしまうのは、わがままかしら」

「わがままなんかじゃないですよ。僕も、この穏やかな情緒が、かつぶし町の魅力だと思います」

かつぶし医院に辿り着くまで、僕はおばあさんの話に相槌を打っていた。

数週間後。

「こんニャちワンワン！　『わくわくどうぶつワンダーランド』の時間だよ！　今日はかつぶし町にお邪魔してまーす！」

数台のカメラと地元出身のお笑いコンビ、数名のスタッフ。そしてぱらぱら現れた野次馬たち。かつぶし交番に、テレビの取材がやってきた。

この日の勤務は笹倉さんと柴崎さんである。つまり僕は週休であり、今日は野次馬の方に含まれている。

「ふふふ、わくわくする」

呟いたのは、僕と同じく野次馬をしている春川くんである。交番の引き戸を開けて、外から一緒に中を覗いていた。おもちさんは、笹倉さんの椅子の上ででっぷりと鎮座している。

打ち合わせをして数分もすると、撮影が始まった。太った男と痩せた眼鏡の男のお笑いコンビが、おもちさんを紹介する。

「こちらのかつぶし交番には、なんと！　猫ちゃんがいらっしゃるとのこと。こちら、おもちちゃんでーす」

眼鏡の男が手で指し示すと、そこへ笹倉さんが、おもちさんを抱き上げて運んできた。強制的に連行されてきたおもちさんは、いかにも不本意といった顔で、お腹を見せてぶらさがっている。コンビの内、太った男が大仰な仕草でおもちさんのお腹を撫でた。

「あらおデブちゃん。かわいいですねえ」

「お前が言うか！　それはさておき、こちらのおもちちゃん。なんと、すごーい特技があるんだとか。さあ、おもちちゃん、どうぞ！」

マイクを向けられ、おもちさんはちらりとカメラを睨んだ。外から眺める僕は息を呑む。ついにおもちさんが、テレビカメラの前で喋る。

と、思いきやだ。

「にゃーん……」

おもちさんの口から発されたその声を聞き、僕は目が点になった。数秒の沈黙ののち、おもちさんがまた、小さな牙を覗かせて鳴く。

「みゃおーう」

嘘みたいな光景だった。普段あんなにはっきりと日本語を話しているおもちさんが、猫らしい鳴き方をしている。逆におもちさんの「にゃーん」を聞いたことがなかった僕としては、あの甘えた声には一驚を喫する。ひょっとしてカメラに緊張して喋り方を忘れてしまったのかとか、あれはおもちさんそっくりの別の猫なのではないかとか、いろいろな考えが頭の中を跋扈《ばっこ》する。混乱する僕をよそに、おもちさんはしれっとした顔で笹倉さんに抱き上げられていた。

「あれ。あれれ……」

お笑いコンビが慌て出す。カウンターの向こう側で、柴崎さんが鼻白んでいる。おもちさんを抱っこする笹倉さんは視線を逸らして苦笑し、僕の横では春川くんが項垂れた。

「またこれか。頑固だな……」

「また？」

僕は小声で、春川くんに聞き返した。彼は眉間を押さえて頷く。

「おもちさんはね、喋ってるところをメディアに撮られたくないんだってさ。カメラが来るとああして猫の鳴き真似をして、ただの猫のふりをするんだ」

「なんで？」

「面倒くさいからだって」

そうだった、取材の話が来ていた時点で、おもちさんは煩わしそうだった。春川くんがむくれる。

「おもちさんも笹倉さんも断ってるのに、警察署の方で勝手に取材ＯＫ出しちゃうから、こうして取材が来ちゃうんだってさ。でもさあ、折角なんだから撮ってもらえばいいのにね。観光客で賑わえば、うちの店ももっと流行るかもしんないのに」

「そうだねえ」

春川くんにそう返事をして、僕は頭の中で、行列のできるお惣菜のはるかわを想像した。おいしいお店だから、多くの人に知られるきっかけがあればきっともっと賑わう。

だがちょっとだけ、寂しい気がした。人がたくさん来るのだから寂しさとは対極にあるはずなのだが、そういう寂しさではない。自分の慣れ親しんでいた場所が他人に取られてしまうような、遠い存在になってしまうかのような。賑やかになればなるほど遠のいていくような、そういった寂寥なのだ。

同時に先日の、橋の袂のおばあさんを思い浮かべた。

『もっと賑やかに栄えてほしい気持ちもあるけれど、それで町が忙しくなってしまったらちょっと寂しいわね。いつまでもこうであってほしいと思ってしまうのは、わがままかしら』

「ああ、そういうことか」

つい、そんな言葉が口をついた。


それからさらに数日後、笹倉さんが僕とおもちさんを休憩室に呼び出した。

「おーい、そろそろだぞ」

笹倉さんは胡座をかいてテレビの前に座っていた。僕は彼の隣に体育座りをし、その折り曲げた脚に寄り添うようにしておもちさんが寝そべる。

テレビがひとつCMを終え、ぱっと画面が切り替わった。

「こんニャちワンワン！『わくわくどうぶつワンダーランド』の時間だよ！　今日はか

つぶし町にお邪魔してまーす！　こちらのかつぶし交番には、なんと！　猫ちゃんがいらっしゃるとのこと」

テレビに見覚えのあるお笑いコンビが映る。見慣れた町の景色が画面の向こう側に広がっているのを見て、新鮮なようなそうでもないような不思議な気持ちになった。

テレビに笹倉さんが映る。今現在隣で同じ映像を観ている人が映っているのは、やはり少しそわそわする。ちらりと隣を窺うと、本人は案外白けた顔をしていた。

画面の中の笹倉さんが、椅子の上からおもちさんを連れてくる。前足の付け根を持たれているおもちさんは、全身が伸びきっていた。耳をぺしゃんこに倒した不満げな面持ちが、はっきり映っている。

おもちさんは当初の予定どおり、「喋る猫」として紹介された。しかしテレビの中のおもちさんは、普段のようにはっきりと人語を操ることはなく、あくまでにゃあにゃあと猫らしい声を出している。そこに丸文字で、「まんま」とテロップがつく。画面の右端の、スタジオの様子が切り抜かれたワイプの中で、女性タレントが『まんま』って言ってる」と大袈裟に驚いてみせた。

僕はショックで口を押さえた。

「ええ……おもちさんの饒舌はこんなもんじゃないのに」

「仕方ねえなあ。おもちさんが面倒だっつうんだから」

笹倉さんはすでに諦めている。僕は膝を抱き寄せて、足元のおもちさんに視線を落とした。

「面倒、ねえ」

なんだかちょっと、ひねくれた建前だなと思う。

おもちさんはというと、テレビの方すら見ずに横たわっている。僕はその背中を、ぽんとひと撫でした。

「意外と寂しがり屋なんですね」

「……なにがですにゃ」

おもちさんは眠たそうに低い声を出した。

夏に至る

「今っ年の夏至の、当直はー」

笹倉さんが変な歌を歌いながら、カレンダーを指でなぞっている。

「おっ！　小槙だな！」

弾んだ声で言って振り向いたその顔は、やけに意地悪な笑顔だった。

「まだ一年目なのにかわいそうになあ。なにもないといいけど」

僕は数秒硬直し、椅子からガタッと立ち上がった。

「……なにそれ、どういうことですか!?」


そんな恐ろしい会話をしたのが、一週間ほど前だろうか。カレンダーを見ると、今日の日付の端っこに「夏至」の文字がある。

笹倉さんがああ言ったあの日から、気になって仕方なかった。当然だ。「なにもないといいけど」――そんな言い方をされたら、なにが起こるのかと不安になるではないか。

夏至だと、ほかの日の当直となにが違うのか。もちろん笹倉さんに尋ねたが、彼は面白がって教えてくれなかった。含みのある表現で僕に気にならせておいて、「ネタバレ禁物」なんて言ってはぐらかすのである。その上で、「『当直を代わってほしい』なんて言われたら敵わない」などと笑っている。

後日に柴崎さんにも訊いたのだが、彼女は夏至の日に当直に当たったことがないらしく、「耳にした噂程度のことは話せない」と堅物ぶりを発揮した。

笹倉さんは、掴みどころのない人ではあるが仕事には真面目だ。今夜気をつけることがあるのであれば、僕にしっかり引き継ぎをしてくれる。その説明を有耶無耶にするのだから、多分、大した問題ではないのだ。とはいえやはり、気にはなる。

今のところ、変わったことはなにも起きていない。いつもの夜勤と変わらない、静かな夜だ。クーラーの効いた室内に、時計の音だけが響く。等間隔で延々と続く無機質な音は、僕の漠然とした不安を一層煽った。

夏至とか冬至とか、暦の節目としてそういうものがあるのは知っていた。とはいえ日常に大きな変化があるわけではないから、今まで大して気にもせずに過ごしてきた。しかし笹倉さんがあんなふうに言ったのだから、なにかが起こる。一体なにがあるのだろう。

外で風が吹いた。交番の脇の植木が、木の葉を揺らす音がする。デスクに向かっている僕のところへ、トテトテと肉球をつく足音がした。

「顔に出やすい人ですにゃあ。そんなに気になるのですかにゃ？」

おもちさんが欠伸をしながら歩いてくる。この肩の力が抜けるような顔を見て、少し緊張が緩んだ。

「ねえおもちさん、今夜、なにか起こるんですか？」

僕は椅子から立ち、おもちさんの体を掬いあげた。

「おもちさんは笹倉さん以上にこの交番のベテランですよね。夏至のこと、誰より詳しいんじゃないですか？」

おもちさんは大人しく抱かれ、僕の胸に額を押し付ける。

「なにか起こるかもしれないし、起こらないかもしれないですにゃ」

「起こるとしたら、なにが起こるんですか？」

僕に問い詰められ、おもちさんは、面倒くさそうに切り出した。

「この町は所謂古き良き、人間の持つ古臭い情念が残っている町ですにゃ。不思議なことに、下町の記憶がない人間でも、この手の町に来ると『懐かしい』と感じる。こういう空気感は、いにしえから生きる『彼ら』にとっても居心地のいいものでしてにゃあ」

「はい。はい？」

僕は相槌を打ちつつも首を傾げた。なにが言いたいのか、いまいち頭に入ってこない。半分も理解していない僕のことなどお構いなしに、おもちさんは続けた。

「殊に、その力の強まる日はそれが顕著になるのですにゃ。今宵のこの町は、他の場所より少し、『彼ら』が浮き立つですにゃ」

「なんですか、その『彼ら』って」

僕が口を挟むも、おもちさんは首を傾けて黙る。仕方ないので、質問を変えた。

「それで、今夜はなにが起こるんですか？」

「吾輩にも分かりかねますにゃあ。まあ、なにも起こらない場合の方が多いですにゃ。あまり気にせず、いつもどおりにお仕事なすってくださいにゃあ」

こうやってぼかされると、余計に気になる。しかしこれ以上尋ねても、教えてくれそうにない。僕はおもちさんを抱えて座り、報告書を書きはじめた。

おもちさんはするりと、僕の腕の中からすり抜ける。

「そんなことより小槙くん。吾輩は昨日、見つけてしまったのですにゃ」

トンと、おもちさんが床に下り立つ。そして僕の足元を通り抜け、デスクの下へと潜っていく。

瞬間、僕はペンを止め、ハッと息を呑んだ。

「まさか！」

僕は弾かれたように椅子を降り、デスクの下に隠してあったその段ボール箱を手で押さえた。おもちさんがじろりと僕を見つめている。

「その箱の中身。吾輩、チェック済みですにゃ」

「ああもう……隠せませんね」

僕は諦めて、デスクの下から箱を引きずり出した。ひと抱えほどの、段ボール箱である。被せてあった蓋を開けるなり、おもちさんはニヤアと目を細めた。

「吾輩の目を誤魔化そうなど、小槙くんにはまだまだ早いのですにゃ」

猫用ボーロに猫用煮干、猫用クラッカー。カロリーの高めなおやつの宝庫である。それは、資料を入れていた箱……の空きを借りた、僕がおもちさんから引き取っていた余剰おやつの隠し場所だった。

「今まで吾輩から取り上げたおやつの数々、一体どこに隠しているのかと思いきや。ついに見つけたですにゃ！　吾輩の大勝利ですにゃー！」

おもちさんの健康を考えて隠していたのに、見つかってしまった。僕は素直に負けを認め、嘆息を洩らした。

「おやつがない日とかご褒美をあげたい日のために取っておいてるんですよ」

「よく見たら吾輩が貰ってない、見たことのないおやつが交じっておりますにゃ」

「それは僕が買ったんです。おもちさんが喜ぶかなって思って」

僕はそんなことまで白状して、箱をデスクの下へと押し込もうとした。

「今日はもうだめですよ。僕、さっきおさかなハムをあげましたよね？　そのあと笹倉さんから煮干貰ってるのも見てましたよ」

慎重に交渉を進めようとした僕の思いは、全く意味をなさなかった。こちらの話など聞きもせず、おもちさんは段ボール箱に全身で飛びつく。その体重で段ボール箱がひっくり返り、中のおやつが床に散らばった。

「あーっ、こら！　暴れてもだめですよ！」

「ひとつくらいよいではないですかにゃ！」

「太っちゃいますよ！　具合悪くなったら、つらいのはおもちさんなんですからね」

床に散乱したおやつを眺め、僕は頭を抱えた。デスクの下にはもう隠せない。新しい隠し場所を探さなくては。

散らばったおやつを回収しつつ、僕は隠し場所代替案を練った。高いところなら見つかりにくいか、いやしかし、おもちさんは猫だから三次元で移動する。戸棚の中など、見えにくい場所の方がいいか……。

そんなことを考えていると、ふいに、ズルズルと床を引きずるような音がした。見ると、おもちさんが空っぽの段ボール箱を咥えてこちらに運んできている。先程まで、猫用おやつがぎっしりだった箱だ。

「これ、ちょうどいい大きさですにゃあ」

おもちさんが僕の前に箱を置き、金色の瞳でこちらを見上げた。

「小槙くん。今夜の夜間パトロールは、これを被っていきなさいですにゃ」

「……えっ」

心臓が、ドキンとした。

「どうしてですか？」

「そりゃあもちろん、」

おもちさんの目が、きゅうっと細くなった。

「『彼ら』に顔を見られないため。息遣いに気づかれないため。声も発してはなりませぬにゃ」

ぽとりと、僕の手から猫用のおやつが零れ落ちた。

空き箱なんて被ってパトロールをしていたら、僕の方が不審者だ。おもちさんだってそんなことは分かっているはずである。今夜に限ってわざわざこんな提案をしてくるのだ、なにか理由がある。自然と「夏至」の二文字が頭の中に浮かんでくる。

「知っておりますかにゃ、小槙くん」

おもちさんがエジプト座りで、僕を見つめている。

「夏至は、水や草花がもっとも呪力を持つ日なのですにゃ」

「なんですか、それ」

心臓が早鐘を打っている。おもちさんは、普段どおりのまったりした声で続けた。

「地上の呪力が高まる夜は、『彼ら』にとっても最高に心地よいのですにゃ。有名どころの神社仏閣では今頃お祭り騒ぎやもしれませぬにゃ」

「なにを言って……」

急にこんな、非現実的な話をされると頭が追いつかない。ただ、おもちさんの金色の瞳から、目を逸らせない。困惑する僕を置き去りにし、おもちさんはマイペースに話した。

「人間に友好的な者ばかりならよいのだけど、生憎『彼ら』の事情も様々ですにゃ。人間を恐れる者、いたずらしたくなってしまう者、最悪は敵意を持つ者まで」

僕は呆然と、床に座り込んでいた。おもちさんがなにを言っているのか、なんの話をしているのか、よく分からない。否、本当は頭の片隅で想像できてしまっているが、なに分そんな、現実味のないお話はフィクションの中だけにしてほしい。

ああでも。この世にはおもちさんみたいな猫が存在するのだ。どんな不思議なものがいても、その存在を否定することはできないのではないか。

「なに、安心して。気づかれなければ大丈夫ですにゃ」

おもちさんはニコッと微笑み、小首を傾げた。

「そろそろ夜間パトロールに参りましょうにゃ。今夜は特別に、吾輩も同行するでありますにゃ」

僕は短く息を吸い、壁の時計を確認した。十一時を回ろうとしている。

頭の中に、笹倉さんの意地悪な笑みが蘇ってきた。

『まだ一年目なのにかわいそうになあ。なにもないといいけど』

……僕は一体、なにに巻き込まれるのだろう。


外の空気はやけに湿っぽかった。その上風がなくて、気温が高い。湯気の中を歩いているみたいだ、と僕は思った。

おもちさんから、今夜はパトカーにも自転車にも乗ってはいけないと言われた。左手に懐中電灯、右の脇には空の段ボール箱を抱えて歩く。懐中電灯の明かりで夜道を照らすと、数歩先を先導するおもちさんの後ろ姿が浮かび上がった。

真上は漆黒の夜空に覆われている。やや曇っているせいで、べたっと黒くて、星が殆ど見えない。黒い絵の具で乱暴に塗りつぶしたような空だ。捜してみても、月が見当たらない。

「よりにもよって、今夜は新月ですにゃあ」

静まり返った空気を、おもちさんの声が震わせる。

「天から見守るお月様がいない夜は、いたずらわがまま放題。わくわくしちゃうですにゃ」

商店街は静寂に包まれていた。帰りの遅い会社員も、飲み会帰りの人も、野良猫やカラスすらも現れない。それどころか、声も物音も聞こえない。なぜだろう、昼間も見ていた商店街なのに、全く別の世界のように見える。

僕には特に、第六感はない。と思う。今まで全く、超常現象の世話になることはなかった。しかしそんな僕でも、今夜のこの町にはどことなく奇妙な空気を感じる。胸の奥の方がざわざわする。

ふいに、チリン、と鈴の音が聞こえた。ドキッとして、音の出どころを探る。商店街の目抜き通りの先に、小さな光が見えた。ふっと現れ、揺らめいて、霞んではまた浮かぶ。また、チリンと微かな音が鳴る。

おもちさんが足を止めた。

「そろそろ、顔を隠すですにゃ」

ただでさえ蒸し暑いのに、と僕は口の中でぼやいた。だが、今夜はおもちさんの言うことを聞いておいた方がよさそうなので、大人しく段ボール箱を頭に被る。前が見えるように穴をあけておいたのだが、それでも視界は鈍った。狭い視野の中、暗闇にゆらゆらと揺らめく、霧のような光が見えている。

「あれ、なんですか？」

おもちさんに尋ねる自分の声が、箱の中で反響する。おもちさんは静かに僕を制した。

「声を出してはいけないですにゃ。『彼ら』に人間だと気づかれてしまうですにゃ」

ねえ、おもちさん。さっきからずっと疑問なのだけれど、その『彼ら』ってなんなの。

しかし、そう質問することすら封じられている。交番を出る前にもっと詳しく訊いておけばよかった。

おもちさんが小声で、尚且つのんびり話す。

「恐れることはないですにゃ。あれはただ、夏至で気分が高揚した者たちがふらふらやってきて散歩をしているだけですにゃ。今年の夏至は新月と重なったおかげか、随分たくさん集結しておりますにゃ」

百鬼夜行じゃないか。と、僕は声には出さずに呑み込んだ。

先に見える光は、徐々に増えていった。黄色や橙色の光の玉が、行列をなしている。近づかない方がいい、と本能的に感じ取ったが、それと同時に好奇心が掻き立てられた。あの光の正体が、気になって仕方ない。無数の灯火が無作為な間隔で揺らめき、火の粉を散らす。子供の頃、縁日の提灯がひどく幻想的に見えた、そんな記憶がふと蘇る。

僕は吸い寄せられるように、光の列に向かって歩き出した。おもちさんも、僕を咎めはしなかった。なんとなく、懐中電灯の明かりは伏せる。足音は立てないように、なるべく気配を消して近づいていく。

やがて、その列の姿がはっきりと認識できる距離まで詰めた。並んでいた者たちを見て、心臓がどくんと飛び跳ねる。

浴衣や着流しのような軽めの和装の人々が、提灯を持ってずらりと並んでいる。そしてほぼ全員が、頭巾を被って俯いていたり、額から垂らした布で顔を覆っていたりと、その表情を見せない。中には顔を露出している者もいたように見えたが、提灯の明かりで照らされたその顔は狸そのものだった。まさか人間の体に獣の顔なんて、いるはずがない。これも仮面なのだろうか。しかしよく見れば、袖口から覗く手指が黒くて小さい。暗くてしっかり判別できない。

僕が立ち尽くしているうちに、脇の路地からすっと、新たな提灯が現れた。顔を紙で隠した甚兵衛姿の男が、列に参加する。足元からシャワシャワと、変な音がした。頭を隠した箱を手で支え、下を見る。犬のような大きなネズミのような、見たことのない丸っこい生き物がわらわらと列に紛れ込んでいた。

僕は夢でも見ているのだろうか。それぞれの顔をしっかり確認したわけではないけれど、これが人ならざるものの行列であることは直感的に分かる。その異形たちの行列が、この見知った商店街を縦断している。現実と非現実の境目にいるような、奇妙な感覚に襲われる。

しかし、そのわりに僕の心は平静を保っていた。不気味で仕方ないのに、不思議と怖くはなかったのだ。「そんなバカな」とか「有り得ない」で片付けられる次元を超えているからだろう、目の前にそれが存在していたら受け入れるほかない。おもちさんという喋る猫だって、そうやって納得した。

むしろ、音はないけれどパレードみたいできれいだなあとさえ思っていた。それから、これは言ってしまえば不審者の行列なのだから、本来は職務質問をかけるのが僕の仕事なのではないかなんて、悠長に考えている余裕すらあった。おもちさんから声を出すことを止められているので、余計なことはしないが。

それよりこの行列はなんの列なのか、どこへ向かっているのか、興味が勝《まさ》ってしまう。行列はゆっくりと、商店街を進んでいく。僕は知らず知らずのうちに列に取り込まれていた。おもちさんも僕の足元を離れずに歩いている。

「おにいさん」

突然、耳元に囁き声が届いてきた。びくっと振り向いたが、段ボール箱が邪魔で相手の顔は見えない。視野を相手の方向に合わせようと、箱を回す。僕がもたついている間も、声の主は続けた。

「おにいさん、人間の匂いがするね」

男とも女とも取れる、やや掠れた透明感のある声だ。反射的に返事をしそうになって、慌てて声を呑む。おもちさんが僕に代わって答えた。

「そうですかにゃ？　仮面を人間のところから拝借してきたからかもしれないですにゃあ」

「おや。猫さんはこのおにいさんのお連れさん？」

「いかにも。この者は夏至の催しは初めての、見た目も生い立ちも箱入りでしてにゃ。多少のご無礼は大目に見てやってほしいですにゃ」

「そうですかい。これは失礼仕《つかまつ》ったね。おにいさん、変わったナリをして変わった提灯を持ってるもんだからさ」

声の主が僕の肩を撫でる。

「てっきり、人間が紛れ込んだかと思ったよ」

異様に冷たくて、背筋がぞぞっとあわだった。悲鳴を上げそうになったが、声を止めて頷くだけに留める。

「今宵は今のところ、人間と鉢合わせてないですにゃ？」

箱の隙間から見えたおもちさんが、ちらりと僕の方に顔を上げる。

「例年だと、深夜のコンビニバイトくんや酔っ払いさんが行列に出くわしてちょっとした騒ぎになるですにゃ。びっくりして写真を撮るくらいで済めばいいけれど、おまわりさんに連絡しちゃう人間もおりますにゃ」

おもちさんは列の参加者に話しかけつつ、僕に語りかけてきている。僕は今更、なるほどなあと感心した。笹倉さんがああ言っていたのは、パトロール中にこうして出くわす、またはそれがなかったとしても、出くわした市民からの通報を受ける可能性を孕んでいたからだったのだ。それならそうと教えてくれれば、多少は衝撃を抑えられたのに。笹倉さんは、ちょっと意地悪だと思う。

先程までとは違う声が、おもちさんに返事をした。

「今夜ほど呪力が強いと、人間らも無意識に外出を回避するのかもしれんねえ」

「こういう夜は、あいつらの勘もそれなりに鋭くなるでな」

暗闇の中を、光の列がほわほわと移動していく。時々、道の脇から新たな顔が加わる。行列は少しずつ、少しずつ、膨らんでいく。

パッと見だけでも百人ほど、足元の獣たちも含めるとさらにその半数ほど足した規模になった頃、行列は商店街の突き当たりに辿り着いた。くすんだ朱鳥居と、その先にどっしりと鎮座する石段。苔むした灯篭、狐の石像。かつぶし神社である。

提灯に斑に照らされる鳥居が、燃えているように光る。僕は段ボール箱の中で、息をするのを忘れていた。パトロールでいつも見ている神社なのに、今まで見ていた顔とまるで違う。異世界へ通じる門なのだと言われたら、信じてしまいそうだ。

立ち尽くしていた僕は、我に返って周囲の様子を窺った。見れば、行列は鳥居を前にして全員がお辞儀をしている。おもちさんですら、前足を揃えて目を閉じていた。僕も慌てて、頭を垂れる。段ボール箱が傾き、サ、と頭と擦れる音がした。

数秒の敬礼ののち、列は再び動き出した。鳥居を潜って、石段を上っていく。石段の両脇にずらりと並ぶ提灯は炎の滝のようで、その美しさに僕はまた目を奪われた。

「『彼ら』は礼儀を重んじるのですにゃ」

僕の足元で、おもちさんが囁く。

「まずは土地神様に挨拶をして、それからいたずらナイトが始まるのですにゃ」

「い、いたずら？」

と、僕が声を出した瞬間だった。

粛々と進んでいた提灯の灯火が、ぶわっと拡散し、火の粉の星屑が宙を舞う。突然のことに、頭の中が真っ白になった。

淡々と進んでいた列は、全員が立ち止まっている。一瞬の無音のあと、彼らは徐々にざわつきはじめた。

「人間の声がした……」

「人間が交ざっている……」

最初はひそひそとした小さなどよめきだけだったが、一秒ごとにざわめきが増大していく。僕の思考はまだ、止まったままだった。ただ、まずいことになったというのはなんとなく分かる。

「あれま、気づかれてしまったですにゃ。小槙くん、ここらで撤退ですにゃあ」

おもちさんの落ち着いた声だけが、やけに鮮明に聞こえた。

おもちさんがくるりと後ろを向く。そして一気に、列の向きに逆らって突っ走っていく。しばらく固まっていた僕も、弾かれたように駆け出した。考えるより先にその見慣れた後ろ姿を追いかける。周囲の人ならざるものたちの視線が、僕に集まってくる。

心臓がばくばくと飛び跳ねている。いきなり逆走した僕は、後方の『彼ら』に肩をぶつけた。ぐらついていた段ボール箱も『彼ら』に当たり、僕の頭から外れて落ちる。

「人間だ……」

ざわめきが僕を追いかけてくる。僕は無我夢中で列を抜け出し、おもちさんを追いかけた。


そのあとのことは、よく覚えていない。気がついたら僕は交番のデスクに突っ伏して、息を切らしていた。床には僕が没収していた、おもちさんのおやつが転がっている。しかし、おもちさんの姿は見当たらない。

窓の外から朝日が差し込んできて、雀の声がする。いつの間に夜が明けたのだろう。もしかして寝ていたのだろうか。夜勤中に眠りに落ちて、そのまま夢でも見ていたのだろうか。

あの提灯の行列も、ただの夢だったのかな。

僕は自身の頬を両手で叩き、椅子を降りた。床に散らばるおもちさんのおやつを拾い集める。落ちていると、おもちさんが自分でこじ開けて食べてしまいかねない。腕の中にいくつか集めてから、僕ははたと手を止めた。これらを片付ける段ボール箱が見当たらない。おもちさんが倒した場所にも、デスクの下にも、どこにもない。

外の植木でキジバトが鳴いている。僕はその不安定なリズムを聞きながら、呆然と床に座り込んでいた。

そこへトテトテと、耳に慣れた足音が聞こえてきた。

「おや、小槇くん。よい朝ですにゃ」

おもちさんが床を歩いている。僕はおやつを抱えて座ったまま、口を半開きにしていた。なにか言おうと思ったのだが、なにを言えばいいか分からなかった。

おもちさんの白い毛が、少し砂っぽく薄汚れている。こちらの足元までやってくると、僕の膝にのし上がってコテンと倒れた。

「ちょっと疲れたですにゃ」

耳をくたっと寝かせて、おもちさんはうとうとと目を細める。

「『彼ら』のいたずらは時に度が過ぎるですにゃ。人間に危害を加えてはいけない決まりがあるとはいえ、夏至の夜はハメを外す者もおりますでにゃあ……」

最後の方は、殆ど寝言になっていた。

「しっかり見張っていないと……にゃあ」

おもちさんは僕の膝の上で丸くなって、すやすやと寝息を立てはじめた。

どこからどこまで、なにが夢だったのか、今となっては分からない。だけれどなんとなく、夏至の夜は警察以上におもちさんが忙しくて、時々、なにかを見てしまった人間が警察に連絡してくる夜なのだろうと思った。

「おもちさん」

僕は手に持っていたおやつを、床に下ろした。膝の上の、薄汚れている背中を慎重に撫でる。

「お疲れ様。今日は特別に、おやつ、たくさんあげますね」

小声で囁くと、おもちさんの三角の耳がピクピクッと動いた。

わだつみの石

「漁港の神様？」

笹倉さんから聞いたその言葉を繰り返す。笹倉さんは、暇そうに事務椅子の上で脚を組んでいた。

「おう、見たことねえのか？　漁協の入口からちょっと進んだところに、でっけー岩があるの」

「ああ、そういえばありましたね。注連縄《しめなわ》の巻いてあるやつ」

僕はパトロール中に見た、海辺の大岩を思い浮かべた。

「あれが、この町の海の神様なんですか？」

「そう。漁師が海で事故に遭わないように、守ってくれる神様なんだとよ」

かつぶし町は、漁業が盛んな町である。交番からでも潮の匂いが分かるくらい、海が近い。海浜どおりは僕のパトロールの順路のひとつでもあり、漁港とその付近に建つ漁業協同組合の建物も、毎日のように傍を通っている。

漁港の傍には、縦横一メートルくらいある黒い岩がある。あまり気にしたことはなかったが、紙垂を下げた注連縄が巻かれていて、大事にされている雰囲気はあった気がする。

僕はまだこの町に来て日が浅く、細かいことは知らない。かつぶし町素人の僕に、笹倉さんはいきいきと話しはじめた。

「こんな説話がある。その昔、江戸幕府が政権を握ってた頃だ。町の漁師らが船を出したら、天気の読みが外れて大嵐に見舞われちまった。当時の漁船は荒波に揉まれて、あわや全隻沈没かと誰もが覚悟した」

時代劇のナレーションみたいに、抑揚たっぷりに語られる。

「そんな中、ひとつの雷がドーンと港に落っこちた。それは海辺にあったでかい岩に直撃して、岩は砕け散った。しかしその瞬間、雨も風も止み、海は穏やかに戻った。漁師たちも、全員が助かったんだ」

「はあ」

話に引き込まれた僕は、ため息みたいな感嘆の声で相槌を打った。笹倉さんが腕を組んで続ける。

「岩は粉々に砕けて跡形もなくなったように見えたが、ひと塊だけ、浜辺に残っていた。漁師たちは自分たちを守ってくれた岩に感謝して、守り神として祀るようになったんだよ」

それが、漁港の傍にあるあの大きな岩なのだと。

「今でも、この町の漁師はあの岩を『わだつみの石』と呼んで、不漁や悪天候なんかのよくないことが起きたらあれをきれいに磨くんだ。そうでないときも、日頃から敬意を持って、漁に出る前に一礼してくんだぜ」

「へえ。大事にされてるんですね」

「まあ、漁師が皆して岩を信仰してるって意味じゃあねえけどな。先輩漁師から引き継がれてく、習慣みたいなもんだ。皆で共通のものを大事にしてる一体感が、漁を成功に導くというのもある」

そういう話を聞くと、今までなんとなく目の端に入れていた岩のことが気になってくる。今日のパトロールのとき、漁港の傍に行ったら見てみようかな。

笹倉さんが顎を撫でる。

「小槙の前の勤務地には、そういうのなかったのか？　地元の人に愛されてる、名物みたいなもの」

「うーん、思い当たらないです」

「お前がいたとこって……あ、ほたて交番だったか」

僕がかつぶし交番に来る前にいた交番の名前が出る。口に出して、笹倉さんは苦笑した。

「治安が悪いとはいわないが、わりと大変だったろ。あの辺、ホタ学が近いから」

「まあ……」

僕も、苦笑いで返す。

僕の前の勤務地の近くには、周辺では有名なヤンキー高校があった。おかげでそこの生徒たちの喧嘩やバイクの騒音なんかで警察が出動することも多く、僕もよく呼び出されたものだった。

「でも直接話してみると、案外いい子たちなんですよ。ただちょっとやんちゃなだけです」

「そうは言っても、あの交番に配属されると高架下の落書き消しとか壊れたものの後片付けに借り出されるから、やたらと掃除が上手くなるって聞くぞ」

「はは、それは事実です。僕、スプレーの落書き消すの得意ですよ」

あれには専用の溶剤がある。スプレーに限らず、汚れそのものや汚されたものに応じて適した洗剤があるのだが、ほたて交番に勤めると嫌でも詳しくなる。市役所の人と協力して掃除をしていた頃が懐かしい。

そんな話をしていると、トテトテと足音が聞こえてきた。

「やれやれ……落書きとは酷いですにゃ。汚れるのって、時として痛いのより悲しいですからにゃあ」

どこからともなく、おもちさんがやってくる。眠たそうに欠伸をして、丸い体でぴょんと跳んで僕の膝に乗る。

「その高架下の壁とやらは、きっと悲しくて泣いてたでしょうにゃ」

「壁が泣く？」

僕はつい、聞き返した。おもちさんはときどき、こういう不思議な言い回しをする。

「そうですにゃ。でも小槇くんたちにきれいにしてもらえて、壁は嬉しかったと思うですにゃ」

「変わった表現しますね……」

でも、分からないこともない。実際には感情のない物体でも、汚れたものがきれいになると、喜んでいるような気がする。

「さて、そろそろ時間だ。パトロールに行ってきますね。ついでにわだつみの石、見てきます」

僕はおもちさんを抱いて、椅子から立ち上がった。僕の腕に抱かれたおもちさんがこちらを見上げる。

「では、今日は吾輩が同行してさしあげますにゃ」

「今日は散歩の気分なんですね。分かりました、行きましょうか」

おもちさんの気まぐれに付き合うのも、かつぶし交番に配属された警察官の仕事である。

交番を出て自転車に乗り、町へと繰り出す。カゴにはおもちさんの後ろ頭がある。風に吹かれて、白い毛並みがそよそよと揺れている。

いつもの巡回ルートどおり、商店街を抜けて神社、住宅街、土手を通り、海へ向かう。少し先に見える松の並木を越えると、すぐに防波堤が見える。その向こうには真っ青な水平線と、カモメが空を舞う光景が広がっているのだ。

いつもなら海っぱたの通りを真っ直ぐ行くだけなのだが、今日は砂浜まで下りてみる。自転車は防波堤の傍の駐輪場に停めて、石段を下りた。カゴから飛び出したおもちさんも、僕の足元をぴょこぴょこと、一段ずつ石段を下っていく。

きゃあきゃあと、カモメの声が聞こえる。入道雲が広がる空に、黒くぽつぽつ、鳥の影が浮かぶ。波の音が心地いい。寄せては消えるさざなみが、水面《みなも》にきらきらと、星を宿していた。

足元を見ると、おもちさんの背中があった。砂浜にぽてぽてと、丸い肉球の跡が残っている。僕の足跡と並んで、歩いてきた道に印を残していた。

やがて、漁協の建物が見えてきた。傍の漁港には帆を畳んだ船がたくさん泊まっていて、ぎゅっと犇《ひしめ》くその姿は圧巻である。漁はもう終わっていたが、釣竿を持った人が数名、ぱらぱら見受けられる。彼らはおもちさんを見るなり、足を止めた。

「お、おもちさんじゃねえか！　ほれ、釣りの餌用のシラス、余ったからやるよ」

釣り人が徐ろにシラスを差し出す。おもちさんは大喜びで飛びついた。

「ありがとうですにゃ！　これだから漁港の散歩はやめられないですにゃあ」

なるほど、今日は随分乗り気でパトロールについてきたなと思ったら、これが目的だったか。その後もおもちさんはすれ違う釣り人や漁師からおやつを貰い、ご満悦だった。

「わだつみの石は、漁協の近くでしたね。ええと、たしかこの辺だ」

僕はおもちさんに声をかけつつ、建物の周辺を回った。記憶を頼りに岩を捜す。そして辿り着いた岩を前にして、僕は思わず叫んだ。

「……あ！」

岩は、たしかにそこにあった。紙垂も下げられて、いかにも神様らしくそこに鎮座している。しかし、その上には。

「き、君。なにやってるの!?」

わだつみの石の上に、少年が座っている。夏休み中の高校生と思しき風貌で、岩の脇に釣竿を立てかけている。片手で携帯をいじり、もう一方の手でホットドッグを食べているではないか。

僕の声かけに反応して、男の子がこちらを見る。

「ん？　あ、おまわりさん！　小槙さんだっけ？」

「あ、君は……山村くん！」

目が合って思い出した。春川くんのバンドの、ドラム担当だ。その山村くんが、わだつみの石にどっかり腰掛けて、靴底の土で岩を汚している。

「山村くん、そこに座っちゃだめだよ。これ、漁師さんたちが大事にしてる岩なんだ。漁師さんが見たら怒るよ！」

「あー、そうらしいな。でもまあ、今はもう漁終わってて誰も見てないし、別によくない？」

山村くんは岩から下りようとはせず、代わりにホットドッグをひと口齧った。

「今からクラスの奴と釣りに行くんだ。この岩を待ち合わせ場所にしたんだけど、ここ建物で日陰になるし、岩が椅子にぴったりだし、ちょうどいいな」

「そうかもしれないけど、でもだめだ。それ、神聖な岩なんだよ？」

守り神とされている岩に腰掛けるなんて、罰当たりだ。しかし山村くんは、なおも首を傾げる。

「神聖って。なんかあれでしょ、雷が当たって漁師を嵐から守ったとかいう話でしょ？あんなの作り話だろ。てか、仮に本当だったとしても神様とかいるわけないし。あ、もしかして小槇さんって、神様とか信じてるタイプ？」

「いや……そういうわけじゃないけど」

そういうわけではないけれど、「神様」として祀られて人々から大事にされているものを、ぞんざいには扱えない。

「神様うんぬんはともかくとしても、他人が大事にしてるものだよ？　粗末にしちゃだめでしょ」

「なんだよ、ただの岩じゃん」

山村くんは不服そうに言って、あ、と顔を上げた。

「待ち合わせしてた友達来た！　じゃあね、小槇さん。よいしょっと」

山村くんは足元の岩を蹴飛ばすようにして、岩から飛び降りた。同時に、手に持っていたホットドッグが滑り落ちる。彼が青い顔をした直後、ホットドッグは岩にべしゃっと落下して、砂まみれになってしまった。

「うわー！　あとひと口分が！　もったいねえ！」

山村くんが落ちたパンとソーセージを拾う。泣く泣く生ゴミとして袋に入れる姿に、僕は呆れてため息をついた。

「ほらもう！　罰当たりなことするからだよ」

「あはは、神様の祟りだ」

山村くんは可笑しそうに笑って、僕に手を振り、友達の元へと駆けていった。全く、元気なのはいいがちょっと不謹慎すぎやしないか。

ふと足元に目をやると、おもちさんが前足を揃えてじっと座っていた。

「おもちさん。帰りましょうか」

「ふむ……」

おもちさんは耳をぺしゃんこに下げて、目を閉じていた。

「吾輩、知ーらにゃい」

「ん？」

僕が聞き返したのを無視して、おもちさんはすっと体を起こし、のそのそと歩き出した。

「自転車、取りにいくですにゃ」

「は、はい」

そこからおもちさんは、殆どなにも喋らなくなった。


春川くんが交番を訪ねてきたのは、その数日後のことである。

「ねえ小槙さん。怪しいやつが出た！　って言ったら、捕まえてくれる？」

「なあに？　変質者でも出たの？」

今のところそのような情報は聞いていない。後ろで事務仕事をしていた柴崎さんに視線を送るが、彼女も聞いていないらしく、首を横に振る。僕は春川くんに向き直った。

「僕ら警察は、ことが起きたあとじゃないと逮捕はできないから、いくら怪しくてもなにも悪さをしてなければ捕まえられないよ。でも、変な人がいるなら警戒を強化する。詳しく教えてくれる？」

「うん。俺自身はまだ、一回も見てないんだけどね」

春川くんはいつになく真剣な顔で、切り出した。

「白っぽい服を着てて、ぬーっと背が高くて、そんでめちゃくちゃ足が速い。現れても、あっと思ったときにはもういないんだって」

「その人が、なにかしてくるの？」

「いや、なにも。ただ、どこにでも現れるんだって。町の中はもちろん、学校にも」

難しい顔で、春川くんは語った。

「学校？　てことは、校門の傍にいたとか？」

「ううん、そうじゃなくて学校の中。廊下から、教室の窓越しにこっちを覗き込んでたらしい」

「え!?　学校の中にいたの!?」

それなら立派な不法侵入ではないか。学校の関係者でないのなら、警察が動く案件である。でも、そんな通報はなかった。春川くんが煮え切らない反応をする。

「そうなんだけど、あれっ？　って思ったときにはもういないから、証拠がないんだ」

「じゃあ、見間違いかもしれないのかな」

「そうかもしれない。教室にも廊下にも人がいたけど、ほかに気づいた人はいなかったらしいから。俺も見間違いじゃないかなあと……」

春川くんの顔が、一層険しくなる。

「でも、山村が何回も見てる」

「山村くんが……」

山村くんの名前を聞いた途端、どきりとした。なんとなく、先日岩の上に座っていたのを思い浮かべてしまった。春川くんは、真剣半分好奇心半分なテンションで続けた。

「最初は見間違いだと思ったんだけど、あんまりにも何度も言うし、しかも山村、日に日に疲れてきてるんだ。冗談にしては深刻そうだから、俺も一応、信じてみてる。まあ、肝心の『謎の人物』は一度も見てないんだけどね」

「まるで山村くんにだけ見えてるみたい。もしかしてその人物は、山村くんのあとをつけてるのかな」

「実は俺もそう思った！　多分山村、変な奴に付きまとわれてるんだよ」

春川くんは興奮気味に身を乗り出した。

「しかもその人、胸にべたっと血がついてたって！」

「血！」

話がますます深刻になってきた。黙っていた柴崎さんも、こちらに顔を向けた。服に血をつけた人物に追いかけられているとなると、山村くんの命が危ない可能性も出てくる。

「調べる必要があるな。山村くんから、直接話を聞いてみた方がいいかもしれない。彼が関係してるなら、山村くんの家の周りや通学路を重点的に警戒する」

「うん！　山村連れてくる！」

春川くんはそう言うと、勢いよく引き戸を開けて外へと飛び出していった。

数分後、春川くんは山村くんを連れて戻ってきた。そして当の彼を見るなり、僕はぎょっとして息を呑んだ。

「ひどいやつれようだね」

数日前のやんちゃ風かつ爽やかだった山村くんの姿は見る影もない。そこにいる彼は、目がうつろでクマが酷く、立ち方もやけに力なくだらりとしていた。死んだ目をした山村くんに引き立てられて、隣の春川くんがいきいきして見える。

「変な奴に付きまとわれて、ノイローゼ気味なんだ。バンドの練習も休んでばっか」

山村くんの様子は、たしかに異常そのものだった。でもその顔つきは、付きまといに悩んでうんざりしているというより、罪悪感に憔悴しているような雰囲気があった。僕は彼を椅子に座らせ、問いかける。

「山村くん。君がよく見かけてるっていう、怪しい人物がいるよね。その人が何者か、心当たりはある?」

「……ええと」

山村くんは、かさかさに乾いた唇から掠れた声を出した。

「こんなこと言ったら、笑われるかもしれないけど……」

「大丈夫。話して」

「人には、心当たりはない。でも、あいつの影を見るようになったのは、あの日からだ」

「あの日?」

僕は少し、声のトーンを落とした。

「人に心当たりはなくても、原因には心当たりがあるのかな?」

問うと、山村くんは目を伏せた。なにか言いかけては、呑み込む。

「……だってまさか、そんなはず……」

と、そこへ、気の抜けた声が割り込んできた。

「全く、自業自得もここまでくると、もはや様式美ですにゃ」

床を歩いてくる、おもちさんである。おもちさんは僕と春川くんの間をすり抜けて、山村くんのいる椅子の前で座った。

「どうですかにゃ、山村くん。嫌なことをされた気分は？」

「え……」

山村くんが青白い顔で眉根を寄せる。僕はおもちさんを抱き上げた。

「こら。今大事な話をしてるんですから、邪魔しないでください」

聞き取りの妨害をされては敵わない。僕はおもちさんを抱えて、柴崎さんの方へと移動させた。僕に運ばれている間、おもちさんは暴れもせずに目を閉じていた。

「山村くんよ。この世界は、バランスでできてるですにゃ」

僕の腕から垂れ下がるおもちさんが、むにゃむにゃ言う。

「誰しも誰かに生かされ、支え合って生きているですにゃ。その例のひとつとして、気持ちと行動の交換がありますにゃ。善い行いには優しさが返ってきて、いじわるをしたらそれなりの報いがあるですにゃ」

三角の耳がぴくんと動く。僕はこの重たい体を運びつつ、気だるげに話す声を聞いていた。

「嫌なことをされたら怒るのは、人も動物もモノも神様も同じ。詫びる気持ちがあるのなら、早めにごめんなさいすることをおすすめするですにゃ」

おもちさんが柴崎さんの膝に飛び乗る。なにやら含みのある言葉を残しておいて、今はもう、柴崎さんに甘えて喉をゴロゴロ鳴らしている。

僕はしばし、おもちさんを眺めていた。自分の中に、形の曖昧なパズルのピースが漂っている感じがする。山村くんが感じている心当たりは、あのことなのか。追いかけている何者かの動機はなんなのか。この形の分からないピース同士が、おもちさんのこれまた形のふわっとした言葉で、僕を妙な仮説に導く。なにもかも根拠はないが、僕の中では、不思議と確信している。

僕は少し間を置いて、山村くんを振り返った。

「ねえ山村くん。今から、わだつみの石を磨きに行こう」

「……え？」

山村くんがどきっとしたような顔をする。僕は笹倉さんの言葉を思い出しながら付け足した。

「よくないことが起きたら、あの岩を磨くんだって。ただのおまじないだけど、気休めにどうかな？」

春川くんも、僕に加勢した。

「よく分かんねーけど、俺も行くよ！」

彼は多分、山村くんが岩に座っていた件については知らないはずだが、とにかくノリがいい。山村くんは、ぐったりと顔を覆った。

「俺、別に神様とかあんまり信じてないけど……」

そう言いつつも、重たげに腰を上げる。

「でも、そうだな。悪いことしたら、謝んないとな」


それから僕と山村くんと春川くんの三人で、海に向かった。自転車のカゴに掃除用具を積んで、あの岩を目指す。

交番から歩いて約二十分、松の木の向こうの防波堤に沿って、さらに歩く。船の群れが眠る港に着いたら、「神様」はすぐそこだ。

漁協の建物の陰にひっそりと鎮座するその岩を前にして、僕は深呼吸をした。

少し苔むした、大きくて立派な岩だ。その堂々とした風格は、ただの岩なのにどことなく威厳に満ちている。だが、ごつごつした窪みに土が詰まって、神垂がやや斜めに曲がっていた。

なにより僕の目に留まったのは、岩の中腹辺りに残った、黒ずみだった。

「これ……」

近づいてよく見てみると、固まったケチャップだった。手袋を嵌めた手で引っ掻くと、塊がぽろぽろと落ちる。

僕は、山村くんがここで友達と待ち合わせをしていた日を思い浮かべた。あのとき彼は、食べていたホットドッグを岩の上に落としていた。このケチャップは、ホットドッグのものので間違いなさそうである。

ケチャップの塊は取れたが、岩自体にも少し染み込んで黒っぽく跡が残っている。僕は自転車のカゴの中から、交番から持ってきた溶剤を選んだ。

「油汚れだから、アルカリかな。時間をかけてじっくり浮かせて、傷つけないように柔らかいスポンジで叩くか。色素が残ったらこれも使って……」

呟きながら溶剤を手にして振り返ると、山村くんと春川くんが、ぽかんとしてこちらを見ていた。春川くんが、目をぱちくりさせる。

「おまわりさんって、掃除に詳しいの？」

「ええっと……ほたて交番を経由した者なら、そこそこね」

スプレーの落書きをはじめ様々な後片付けを経験して、図らずも腕を磨いてしまった。僕は溶剤とスポンジを手に、岩に向き合った。

「失礼します」

なんとなく声をかけてから、掃除に取り掛かる。それに春川くんが参加し、山村くんも続いた。岩を丁寧に掃除していると、通りがかりの漁師が、おっと声を上げた。

「神様を磨いてるのか。いい心がけだな」

クマのような立派な体格で、豪快に笑う。

「神様ってのは、大事にされてこそ存在するものだ。誰も信じなくなったら価値がなくなって、消滅しちまう。だから、大事にすればするほど、俺たち漁師を手厚く守ってくれるんだよ」

彼の言葉を聞いて、僕は頭の中で、おもちさんの言葉を反芻した。

『善い行いには優しさが返ってきて、いじわるをしたらそれなりの報いがあるですにゃ』

神様を大切にする気持ちが、この町の漁師を活気付ける。漁師が大事にするから、神様は神様として、人々の心の中に存在できる。案外、持ちつ持たれつなのかもしれない。

春川くんは、にぱっと無邪気に相好を崩した。

「漁師さんが元気じゃないと困るもんな！　この町の産業支えてるの、漁師さんなんだからら」

「分かってんじゃねえか、坊主！」

漁師はまた楽しげに笑い、去っていった。一連の会話を聞いていた山村くんは、いつの間にか手が止まっていた。でも、気合を入れなおしたような顔で岩の土を払いはじめる。その横顔を一瞥し、僕も岩の汚れをそっと叩いた。

数分も磨くと、岩はすっきりきれいになった。いや、苔むした黒い岩には違いないので見かけが大きく変化したわけではないのだが、それでも、来たときよりもワントーン明るく感じる。感情のないはずのものでも、きれいになると喜んでいるように見える。その感覚を、久々に思い出した。

汗を拭う僕に、春川くんが問いかけてきた。

「で、小槇さん。岩をきれいにするのと山村にまとわりついてる奴と、どう関係あるの？　岩を磨く習慣があるのは分かるけど、それは漁師さんのおまじないだろ。山村の件とはいまいち繋がらないんだけど」

「う、うーん……正直、関係あるかどうかは分からない」

僕はただ、おもちさんの助言……らしきものに従っただけだ。手伝ってくれたものの事情をなにも分かっていない春川くんは、きょとんとして首を傾げている。でも、山村くんは違った。

岩の前に真っ直ぐ立ち、腰からしっかり、頭を下げる。

「すみませんでしたああ！」

彼の声は、広い海辺にわっと散って、反響せずに消えた。

後日春川くんから、山村くんが謎の人物の影を見なくなったと聞いた。岩と謎の人物との関係性は、僕も未だよく分からない。なんとなく「もしかして」と思う部分はあるが、自分でも納得できないくらい非現実的な想像なので、割愛する。

ただ、春川くんが言うのだ。

「山村がさ、血に見えたのケチャップだったかもしれないって。付きまとってきてたのは、『汚れたからきれいにして』ってアピールしてたんじゃないかって……なんの話だろうな？」

この世には、僕には理解できない現象がたくさんあるみたいだ。分からないことばかりだけれど、少なくとも、人にも動物にもモノにも神様にも、思いやりを持って大事に接しておいて損はない。それだけは、間違いなさそうだ。

キュウリ泥棒

「おお、小槇。お疲れ」

真夏も本番に入った、とある雨の日のことだ。

外から戻った僕に、新聞を読んでいる上司がタオルを投げてきた。

「結構、雨強いな。大変だったろ」

「はい、少し濡れました」

僕は受け取ったタオルで顔と手を拭って、雨合羽を脱いだ。外からは雨の音と、車のタイヤが水たまりの上を走る、シャワーのような音が聞こえていた。

「かつぶし川の水位、結構上がってました。洪水ってほどじゃないけど、住民が近づかないように注意ですね」

僕がタオルで髪を軽く拭いていると、ふいに笹倉さんが、僕の腕から垂れ下がったお土産に気づいた。

「お。それはなんだ？」

そうだ。僕の腕には、キュウリがパンパンに詰まった白い袋が提げられていたのだった。

「田中さんとこのご主人がくれたんですよ。家庭菜園でたくさん採れたからって」

田中さんから貰った袋を、胸の高さに掲げる。ずしっと重たい。ぱっと見ただけでも、実の締まったキュウリが二十本近く入っている。笹倉さんが新聞から顔を上げた。

「ああ、もうそんな時期かあ。田中さんちの家庭菜園、例年すごくてな。この時期になると、トマトやナスやトウモロコシもたくさんお裾分けしてくれるんだ」

「へえ！」

僕はキュウリの袋をカウンターに置いた。笹倉さんが改めて目を見張る。

「今年のも立派だな。数も多い」

「柴崎さんと三人で分け合いましょう」

僕はタオルを袋に押し付け、滴っていた雫をきれいに拭き取った。カウンターの内側にストックされていたビニール袋を引き出して、キュウリを三人分に分けはじめる。

笹倉さんが新聞に目を戻した。

「ここのキュウリはな、シンプルに味噌で食べるのがいちばんうまい。だが浅漬けもいいし、サラダにしてもうまい。ちくわに詰めてチクキュウにしてもうまい」

「これだけたくさんあれば、いろいろ試せますね」

こんな話をしているとお腹が減ってくる。

三つの袋に分けたキュウリをそのままカウンターに置いておき、僕はデスクに戻った。書類を書きはじめようとした僕の背に、笹倉さんが徐ろに話し出す。

「キュウリといえば、昔こんな事件があったんだ」

僕は手を止め、彼の席を振り向いた。笹倉さんは相変わらず、新聞を広げている。

「俺がまだ小槙くらいの若手警官だった頃。配属先の小せぇ田舎町で、畑のキュウリが侵入者に収穫されちゃった事件」

「つまり、盗難ですか」

「そ。田舎だとたまに、そういうことがあるんだよなあ。小学校が夏休みだったから、ちょうど今くらいの時期かな」

笹倉さんがパラリと新聞を捲る。

「その辺じゃ有名ないたずら小僧がいてな。そいつが齧りかけのキュウリを持って畑から出てきたのを、農園の主人が捕まえたんだ」

外の雨の音が鼓膜を擽ってくる。僕は椅子の背もたれに体重を預けて、笹倉さんの話を聞いていた。

「だがなあ。俺は未だに、冤罪を主張してるよ。絶対あのガキは犯人じゃねえんだ」

「え、現行犯だったんですよね？」

「持って出てきたところを見つかっただけ。そいつがもいだとは限らないだろ」

笹倉さんが屁理屈を捏ねる。キュウリ畑からキュウリを持って出てきたのなら、間違いなくその子が犯人ではないのか。僕は「はあ」と間抜けな返事をし、ちらりと、カウンターのキュウリに目をやる。

「それで、どうして笹倉さんは、その子が犯人じゃないって言いきれるんですか？」

と、尋ねた途端、笹倉さんはパシンと勢いよく新聞を閉じた。彼はその折り畳んだ新聞紙を、僕の方に突き出してくる。

「犯人は河童だったからだ！」

ニヤリとしたり顔をして、彼は胸を反らした。

「キュウリ泥棒といえば河童と、相場が決まってるからな！」

僕はというと数秒絶句した。なにを言い出すかと思えば。

「大真面目な顔して、なに言ってるんですか」

呆れ顔で返すと、彼は新聞を自身の肩の方へ引き寄せて首を振った。

「河童ってのはな、川に出る妖怪だよ。くちばしがあって、頭は皿みたいに平らでな。その皿の水が乾くと弱る」

「河童は知ってますよ。それが出たというのは、ちょっと意味が分からないんですけど……」

「つまり、俺の推理はこう。まず、畑に河童が侵入。キュウリを盗み食いしていたところへ、容疑者のガキが通りかかった。キュウリ泥棒を捕まえようとして畑へ入り、河童から食べかけのキュウリを奪い取ったものの、河童自体には逃げられ、捕まえ損ねたのさ。仕方ないからキュウリを持って畑を出ようとしたところを、農園の主人に見つかった」

笹倉さんが意気揚々と語る。詳細を聞いたところで、僕はより混乱した。河童が実在する前提という、そもそもがめちゃくちゃな推理である。言葉を失っている僕を窺い見て、笹倉さんはにんまりした。

「疑ってるな。だがな、これには確証があるんだ」

今度はキリッと、眉に力が入る。僕は半信半疑で繰り返した。

「河童に？」

「うん。なんと俺が配属されていたその町には、河童伝承があったんだ」

笹倉さんがより得意げに言う。僕はうん、と頷いて、数秒待って、返した。

「まさかそれだけですか？」

「それだけ」

拍子抜けだ。自信満々のわりに、根拠がガバガバである。

「……捕まった子、味方してくれるのは嬉しかっただろうけど、もう少しリアリティのある加勢がよかったんじゃないかな……」

僕がため息をつくと、笹倉さんは豪快に笑った。

「そもそもな、そのガキンチョはキュウリを食べられなかったんだよ」

彼はまた、新聞を開いた。

「事件の数ヶ月前、食卓に上ったキュウリ料理を食べられなくて、お母さんと喧嘩して家を飛び出してたんだ。それを俺が保護して、事情を聞いたから知ってた」

「なんだ。それじゃ、その子が採れたてキュウリを生で丸齧りなんてするはずないですね」

これが根拠だったのか。河童云々というのは、やはり冗談だったようだ。笹倉さんの言動は、どこからどこまで本気なのか時々よく分からない。

「それなら、河童のせいにするんじゃなくてそっちを主張した方が有利だったんじゃ？　その方が近所の方々も納得してくれたんじゃないですか？」

雨粒が窓にぶつかる音がする。笹倉さんは、新聞に目を落としていた。

「それがさ、そいつも強情でな。『キュウリが弱点なんて、そんな恰好悪い事実がバレるくらいなら、キュウリ泥棒は俺でいい』なんて言うんだよ」

彼はひとつ、不服そうなため息をつく。

「生憎強がりなガキだったから、キュウリを食べられないってのを周りに秘密にしてたのかもな。まして、夕飯を残してお母さんに叱られて家出したなんて恥ずかしい話、言えなかったんだろう」

パリ、と新聞が捲れる。

「それにさ、『キュウリ泥棒は俺でいい』って、なんだか誰かを庇ってるように聞こえるだろ?」

雨音に混じる乾いた紙の音は、やけに近く感じた。

笹倉さんは、のらりくらりとしているようで、しっかり人を見ている。キュウリ泥棒の犯人がその子供ではないと確信していて、尚且つ本人の意思を尊重している。

僕は感心してから、頭を振り出しに戻した。

「それで、犯人は別にいる、と」

「そう」

「犯人は河童と……」

「そう! それで、さっき話した推理に繋がるわけよ。だって人間のルールを無視して畑に侵入してるし、摘み取ったばかりのキュウリを生で齧ってる。おまけに河童伝承のある土地柄だぞ、真犯人は河童で間違いねえ」

断言する笹倉さんに、僕は尚、首を捻っていた。頼りになる人だなと思った途端これだ。やはり笹倉さんは、観察眼と気遣いの持ち主であると同時に、掴みどころのない人である。

もう河童については放っておいて、僕は話を戻した。

「真犯人は捕まったんですか？」

「いいや、ガキ本人が認めちゃったからな。その子供が犯人ってことで完結しちまった」

笹倉さんが脚を組む。

「そのままキュウリ農家さんも、『子供のしたことだからもういいよ』っつって和解したんだ。だが、俺はまだもやもやしてるよ」

たしかに、妙な話だ。状況証拠としては、畑でキュウリを持っていたその子が犯人確定である。しかし、容疑者である彼は家出するほどキュウリが苦手だった。畑に侵入して丸齧りしていたとは考えづらい。本人の話し方も、笹倉さんが言うとおり、誰かを庇っている印象がある。

もやもやを共有させられた僕は、虚空を仰いでふうんと鼻を鳴らした。

「笹倉さんの考えるとおり別に犯人がいるとしたら、そいつがひとりで得したんですね。なんか悔しいです」

「河童だったんだから仕方ねえんじゃないか」

「まだ言ってる。笹倉さんって、妖怪の存在を本気で信じてるタイプなんですか？」

温度差を感じていた僕は、改めて確認した。確認してから、夏至の夜のパトロール中に出くわした「あれ」をちらっと思い出したが、あまり考えたくなくて頭の中から追い払った。やっぱり、僕には妖怪なんて信じられない。

笹倉さんはというと、これだけ河童にご執心のくせに、意外にあっさりと返した。

「実際に見たわけじゃないからなんとも言えない。いたら面白いなと思ってるだけ」

「いないかもしれない、とは思ってるんですね」

「そりゃあな。存在を確信してるわけじゃねえさ」

笹倉さんは新聞に視線を注いでいる。

「でもさ。河童、いないかもしれないのに、これだけ語り継がれて全国の人がみーんな知ってるんだぞ。『河童』と聞いて思い浮かべるビジュアルが漠然と共通してる。それって、よく考えたらすげえよな」

笹倉さんに言われ、僕はたしかにと思った。昔はともかく今は殆どの人が信じていないはずなのに、イメージが共有されている。ということは、それだけ広く周知されているのだ。

「僕も見たことがないのに、思い浮かべる河童像があります。こう、緑色でくちばしがあって、腰蓑を巻いてる」

「ほう、小槇んとこの河童はそれなのか」

笹倉さんが興味深そうな口調で言う。

「俺の地元じゃ、全身毛むくじゃらって言われてたよ。たしか秋になると川から山の中へ移動して、山童《やまわろ》っつう別の妖怪になるんだ。そんで春になるとまた、川に出てきて河童になる」

「えっ。そうなんですか？」

「おう。河童伝承って全国各地に散らばってて、外見も習性も様々らしいぞ」

パラリ。新聞が乾いた音を立て、同時に笹倉さんの目線も移動する。

「例のキュウリ泥棒が出た地域で伝わってる河童像は、人間の子供そっくりだって。頭のてっぺんが皿みたいに禿げてるんだと」

「へえ……初めて聞きました。それだけたくさんのパターンがあるのは、地域ごとに連綿と言い伝えられてる証拠ですよね」

河童を含め、民間の伝承というのは奥深いと思う。実在が確かめられないものが、何百年も語り継がれて今の世代、次の世代へと伝えられ続けていく。存在がたしかでないのだから、知らなくても生きていくには問題ない。にも拘らず好奇心を掻き立てる。それこそが人生を豊かにする「粋」なのだ。不確かな存在であるからこそ、人の心を惹き付けるのだろう。なんて、分かったような気になってみる。

いつの間にか、笹倉さんの視線は窓に向いていた。

「どこの河童も大概、キュウリと相撲が好きなんだ。キュウリ盗んだのは絶対河童だ。悔しかったから、俺は近所の子供たちと一緒に河童捜索隊を結成して、川沿いをパトロールしながら河童を探したもんだったさ」

仮に実在したとして、河童を捕まえるのは警察の仕事なのだろうか……なんて、僕はぼんやり考えていた。

「河童なんているのかなあ」

「おもちさんみたいな猫がいるんだから、河童がいても驚かないよな」

それを言われると、納得せざるを得ない。最近少しずつ感覚が麻痺しつつあったが、おもちさんは河童に伍する謎の存在だ。そうだ、喋る猫がいるなら河童もいてもおかしくない。むしろ河童は全国的に知られているし、目撃談だってある。

「河童、いるかもしれませんね」

雨の音が鼓膜を擽っている。そこへペタペタと、床と肉球のくっついては離れる音が混ざり込んできた。

「酷いですにゃ。小槇くんも笹倉くんも。吾輩をバケモノ扱いですかにゃ」

どこにいたのか知らないが、おもちさんが床を歩いてくる。僕は椅子から立ち、足元を行くおもちさんの腰に両手を添えた。

「似たようなものじゃないですか」

ひょいと抱き上げて椅子に戻り、おもちさんを膝に乗せる。おもちさんは、膝の上から僕を睨んだ。

「むー、吾輩は害なきぷりちーな猫ですにゃ！」

「害なきぷりちーな猫のバケモノ、の間違いでしょ」

　おもちさんの背中をぽんぽん撫でて、僕は窓越しに見える雨粒の跡に目を向けた。雨に濡れて体温を奪われていたせいか、おもちさんの温かさが身に染みる。

　キュウリ泥棒の件を、改めて考えてみた。容疑者である子供は、笹倉さんの推理どおり誰かを庇っていたのだろうか。そうだとしたら誰を、どういう意図で守ろうとしたのだろう。

　考えたところで確実な正解が出るわけではないのに、僕は悶々と思考を巡らせた。

　そこへカタカタッと、引き戸が揺れ動く音がした。嵌ったガラスの向こうに、小学生ほどの背丈の人影が見える。僕は立ち上がっておもちさんを椅子に降ろし、カウンターの向こうへ駆け出した。同時に戸が開き、外の雨音がわっと強まって聞こえた。

「オマワリサン、って、ここで合ってる？」

　開いた戸の向こうに立っていたのは、キャップを被った少年だった。その肩には、スーツ姿の若い女性がくたっともたれかかっている。僕はぎょっと目を剥き、慌ててふたりを室内に引き入れた。

「どうしたの⁉︎　早く入って」

　連れられている女性は、顔色こそ悪いが意識ははっきりしている。少年に肩を借りながらだが、歩くことはできるようだ。僕は少年に代わって女性に肩を貸し、支えになった。

シャワー室まで案内しようかと思ったが、女性の脚は震えていて頼りない。

「歩けますか？」

「少し、休みたい」

女性がか細い声を出す。

「大丈夫ですか。一旦ここに座ってください」

彼女を支えて歩き、壁際の丸椅子へと座らせる。

年齢は僕や柴崎さんくらいだろうか。肩で切り揃えられた髪はびっしょりと濡れて、苦しそうな呼吸を繰り返していた。

「おうおう、どうしたんだお前さん。風邪引くぞ」

笹倉さんは動揺は見せず、普段の緩慢な動きからは想像できないくらいテキパキと動きはじめた。タオルを用意してくれて、女性と少年に一枚ずつ手渡す。

「怪我はないか？」

「ありません……」

「なにがあったか話せるか？」

「……会社の携帯電話を、かつぶし川に落としてしまって……」

女性の手が弱々しくタオルに伸びる。しかし、震えて上手く掴めない。笹倉さんは彼女の髪にそのタオルを引っ掛けて、くしゃくしゃと軽く拭いた。女性はタオルの中で声をつまらせつつ、たどたどしく話した。

「慌てて取りに行ったら、雨のせいで思っていたより川が深くて、流れが速かったんです……」

青白い顔で震える女性は、少しずつ目に光を取り戻しはじめた。

「すみません、助かりました」

「シャワー室まで歩けそうか。こっちだ」

笹倉さんが女性を案内して、目だけ僕に向けた。

「小槙、毛布を頼む」

「はい」

僕は倉庫の毛布を取りに行こうとして、ハッと振り返った。女性を連れてきた少年の方は、まだ濡れたまま戸の前で佇んでいる。

小学校高学年ほどと思しきその少年は、タオルを受け取ってはいるものの、持っているだけで濡れた体を拭こうとしなかった。ただ、タオルを持って無言で佇んでいる。青いキャップを目深に被っていて、目元はよく見えない。

「君、あのおねえさんを連れてきてくれてありがとう。君も体を拭いて、椅子に座って休んでいてね」

声をかけると、少年は少しだけ顔の角度を上げた。

「俺は、平気」

ぽつんと言って、タオルをこちらに突き出してくる。

「帰る」

「待って、事情訊きたいからもう少しここにいて。ごめんね」

僕は慌てて彼の肩を掴んだ。手のひらに受けた温度は、びっくりするほど冷たい。引き止められた少年が、こちらに顔を向ける。そして一瞬、口元が綻んだ。それまで素っ気なかった彼はこくっと頷き、タオルを胸の前で握る。

目元が隠れて見えないけれど、おもちゃを見つけたみたいな、嬉しそうな顔であることはなんとなく分かった。

なんだかちょっと、風変わりな子だ。僕は彼を残し、その場を離れて毛布を取りに行った。


「こりゃだめだな。命懸けで拾いに行ったお前さんの携帯、ぶっ壊れてら」

女性がシャワー室から出てきて数分。笹倉さんは少年から受け取った携帯電話を摘んでぶら下げていた。

「んで。お前さんは取引先の会社へ向かう途中で、これを川に落とした。拾おうとして川に入ったら、思いのほか水流が荒れてて、流されかけたんだな」

笹倉さんが確認をとる。彼の前に座っていた女性は、毛布にくるまって、コーヒーの入ったカップを両手で支えていた。笹倉さんはペンを止め、女性を一瞥する。

「雨降ってんだから危険に決まってるじゃねえか。気いつけな」

「すみません……」

「まあ、携帯はともかく、お前さん自身が無事だったからよかったけどな」

ため息混じりの彼に、女性は小さく頷いた。

「はい……あの男の子が助けてくれたおかげで」

笹倉さんが女性から事情を聞いている間、僕は少年と格闘していた。

「君もシャワーを浴びておいで。こんなに冷たくなってるじゃないか」

「やだ」

「どうして？　風邪引いちゃうよ。タオルも使ってくれないし……」

変わった子だとは思ったが、かなり強情だ。なぜかこの子は濡れた体を拭こうともせず、温めようともしないのである。腕を引っ張ってシャワー室へ連れていこうとしても、踏ん張って動かない。ぐっしょり濡れたキャップも頑なに外さない。

それどころか名前も言わない。家族に連絡して迎えに来てもらおうにも、もちろん連絡先なんて話してくれない。今のところこの子に関する情報は、あの女性を助けたという事実以外なにもなかった。助けられたのは女性で、助けたのがこの子という構図なのに、案外ややこしいのはこの子の方である。

警戒されてもいけないので、僕は一旦手を引っ込めた。少年の前にしゃがみ、顔を見上げる。

「とりあえず、あのおねえさんを助けてくれたこと、改めてお礼するね。ありがとう」

下から覗いても、キャップの鍔が影を作って目元はよく見えなかった。

「だけど、君も川に流されちゃう可能性はあったんだから、川に近づいちゃだめだよ。これからは僕ら警察に連絡をするか、近くの大人に伝えるんだよ」

少年は返事をしない。ただ俯いて、握った両手から雫を滴らせているだけだ。

僕はそっと、少年のキャップの鍔を摘んだ。軽くくいっとずり上げたら顔が見えるかと思ったのだが、そうする前に少年に手を弾かれた。

「やだ」

「ごめん……」

そこへ、カサカサと乾いた音が聞こえてきた。振り向くと、カウンターにおもちさんが乗っている。置いておいたキュウリの袋に、顔を突っ込んでいるではないか。相変わらずマイペースだなあなどと思っていると、ふいに、少年がおもちさんを指さした。

「タオルもシャワーもいらないから、あれ、頂戴」

無口だった少年が、意思を示しはじめる。扱いに戸惑っていた僕は、余計に困惑した。

「えっ、猫？」

「そっちじゃない」

僕は少年が指さす方に、改めて向き直った。袋をゴソゴソ鳴らし、おもちさんが顔を出している。袋の口からは、緑色のキュウリが覗いていた。

「キュウリが欲しいの？」

確認すると、少年はこっくり頷いた。そういえば先程も、帰ろうとしていた彼は途中で態度を変えた。あれは僕越しにキュウリが見えていたからだったのか。

何度も思ったが、僕は改めて「変わった子だ」と思った。ここでキュウリを所望してくるとは、なんだか、まるで……。

一瞬、先程笹倉さんから聞いたキュウリ泥棒の話が頭の中を過《よ》ぎったが、今は関係ない。僕は変な考えを振り払い、カウンターに歩み寄った。おもちさんの脇からキュウリの袋を手に取り、少年の元へ持っていく。同時に、おもちさんもカウンターから飛び降りて僕についてきた。

キュウリを少年に差し出すと、彼はすっと手を伸ばした。小さな手がキュウリの袋の口をしっかりと握る。

「……ずっと前、俺のところの、偉い人がね」

唐突に、少年が口を開く。

「悪さしたところ、知らない子供に見つかったんだって」

なんの話だろう。僕は黙って、彼のキャップのてっぺんを見下ろしていた。

「その子供は、悪さしたの、自分だって言った。本当はしてないのに、自分が代わりに叱られたんだ」

外の雨の音に掻き消されてしまいそうな、小さな声だった。僕は床にしゃがみ、少年のキャップの下の顔を覗く。おもちさんも、僕と並んで彼を見上げていた。

少年は訥々と続けた。

「そのときの恩返しのつもりで、『俺たちの種類』では、人に親切にするのが掟になってる。シリコダマも取らないんだ」

「シリコ……え？　なんて？」

やはり少年の目元は見えないけれど、口元が少しだけ緩んでいる。彼はキュウリの袋を抱き寄せ、踵を返した。まだしっかり話を聞けていないのに、勝手に戸を開けて雨の中に出ていこうとする。僕はよろめきながら立ち上がり、少年の肩を掴もうとした。

「待って！」

しかし少年は、すり抜けるように雨の中へと溶け込んでいく。

「おねえさんのこと、ここに連れてきて、合ってた？」

雨に打たれて消えそうな声が、僕に微かに届いてくる。

「昔話の中で、聞いた。嘘をついた子供を最後まで守ろうとしてたの、『オマワリサン』っていうんだって。頼りになる人だって、聞いた。だから、ここへ連れてきた」

僕の頭の中で、一度閉じたはずの仮説がまた動きはじめていた。少年が雨の中に白く霞んでいく。

「ありがと、……ワリサン。オマワ……、頼りにな……って、俺の仲間にも、伝える。何百年も語り継……次の世代……、伝えてく」

雨音で、声の一部はよく聞き取れなかった。

僕の背中の向こうでは、笹倉さんと女性がまだ話している。

「私は川の中では全然身動きを取れなかったのに、あの子はしっかり歩いて私を助けてくれたんです」

「はあ、すげえけど危ないな。なあ小槇……って、あれ？　さっきの子は？　お前いつの間に帰したんだ！」

開きっぱなしの戸に気づき、笹倉さんが声を上げる。僕はハッと振り向いて、頭を下げた。

「すみません、逃げられました！　まだ近くにいると思うので捜してきます」

外へ飛び出そうとしたら、足元から声を投げられた。

「もうお礼の品も渡したし、充分ではないですかにゃ？」

おもちさんが僕を見上げ、丸い顔で首を傾げている。

『彼ら』は水が好きなのですにゃ。心配ないですにゃあ」

「……おもちさん、あなたはなにをどこまでご存じなんですか」

立ち止まる僕から、おもちさんはふいっと顔を逸らした。

「吾輩、無粋なこと喋らない主義なのですにゃ。いやはやそれにしても、不思議な因果があるものですにゃあ。笹倉くんの新人時代の行いが、今ここで回収されるとは……」

感慨深そうに言ってから、おもちさんはニコッと笑った。

「『彼ら』からも頼りにされて、おまわりさんはすごいお仕事ですにゃ！」

狐の社の神隠し

「上田《うえだ》さーん！　ポチくんいましたよー！」

　夏が終わりかけている、とある午前中のことだ。僕は神社の周りの雑木林から、赤い首輪のパグを抱えて出てきた。灯篭の周辺を覗いていた中年の男性が、勢いよく振り向く。

「ポチー！　よかった、怪我はないか？」

「左の前足から少しだけ血が出てますが、元気そうです！」

「ありがとう、小槇さん。もうリードを離さないよう気をつけます！」

　石畳へと這い出る僕に、犬の飼い主……上田さんが駆け寄ってくる。

　上田さんから連絡があったのは、今から一時間ほど前のことだ。今朝までの当直だった柴崎さんからの引き継ぎを終えた頃、彼から、飼い犬のポチくんがいなくなってしまったとの電話を受けた。

　聞けば、朝の散歩で神社付近にやって来て、うっかりリードを手放してしまったとのことだ。ポチくんは元気に走り出してしまい、上田さんを置いて神社の石段を駆け上がり、そのまま行方をくらましてしまった。しばらくは上田さんひとりで捜したが、見つからなくて交番に連絡したということだった。

僕からポチくんを受け取って、上田さんが目を剥く。

「小槇さん、手を擦りむいてる！　顔にも傷が……」

「大丈夫ですよ、植木でちょっと切ってしまっただけですから」

かつぶし町のシンボルのひとつ、かつぶし神社。

商店街の目抜き通りを真っ直ぐ行くと突き当たる、朱い鳥居の神社である。長い石段を上った小高い山の中にあり、学校の教室ほどの広さの空間に、木造の社がぽつんとある小さな神社だ。石畳には狐の石像と、あとは灯篭がいくつか整然と並んでいる。周辺は青々とした木々に囲まれていて、この時期は蝉の声が聞こえてくる。

パグのポチくんは、神社を囲む木々の向こう、雑木林の中で見つけた。人懐っこい犬のようで、僕を見るなり彼の方から走ってきたのである。

そんなに広い神社ではないのに、見つけるのに一時間もかかってしまった。上田さんはそれより前から捜していたのだからもっとだ。僕を見つけて走ってくるような犬なのだから、飼い主の上田さんであればすぐに見つけられそうなものなのに。

「すみません。本当にありがとうございました」

上田さんはお礼を繰り返して、大事そうにポチくんを抱いて石段を下っていった。

やけに時間がかかったとはいえ、ひとまずポチくんが無事に見つかってよかった。僕も帰ろうと、石段に足を向けて、ふと振り向く。背後には木造の社が、木陰にひっそり佇んでいる。

この神社に来ると、たまに、夏至の日のことを思い出す。ずらりと並んだ提灯の、揺らめく炎。顔を隠した得体の知れない『なにか』たち。神社の鳥居が燃えるように照らされていた、あの夜。

そんな幻想的な景色は、記憶の中で霞みはじめていた。

自分でも不思議である。あれほど記憶に焼き付きそうな景色だったのに、どういうわけか、すでに思い出せなくなってきているのだ。

当時も夢心地ではあったものの、僕は見たものを報告書に書いた。書きながら、あまりにも非現実的すぎて訳が分からなくなり、自分で自分のことを寝惚けているのではないかと思いはじめた。目を覚ましたら見ていた夢が遠のいていく、その感覚に近かったと思う。とうとう僕は、書きかけの報告書を捨てた。提灯の行列は、夢でも現実でもどちらでもよくなってしまったのだ。

笹倉さんはなにも訊いてこないし、柴崎さんも変わらない。おもちさんも、語らない。僕も尋ねない。そうして日を追うごとに、記憶はますます風化した。不気味なものに声をかけられた恐怖も、灯りの行列の美しさに息を呑んだことも、記憶としては残っている。

けれど、それは映画や本で疑似体験した感覚のように思えて、自分自身の体験ではなかったみたいな気がしているのだ。

しかし今でも時々、その夜のことを思い出す。夜勤中に寝てしまったのだろうと思う反面、本当に夢だったのかと惑う自分が、僅かに残っている。同時に、どちらでもいいなと鼻白む自分もいる。

今、僕が目にしている昼のこの場所は、なんの変哲もないどこにでもある寂れた神社だ。青々とした爽やかな緑の隙間から、揺れる木洩れ日が降り注いでいる。夏の間喧《やかま》しかった蝉の声もだいぶ落ち着いて、風の音に混じって微かにヒグラシの声が聞こえるだけだ。あのドキッとするような厳かな雰囲気は感じられない。

ありふれたのどかな景色を目にしていると、夏至の夜の夢はさらに自分から遠のいていく。なんであれ、もう気にすることはない。あれ以来、あの日のようなことは起こっていない。

制服に付いた砂を叩《はた》いていると、ふいに視線を感じた。目を上げると、社の後ろから顔を覗かせる、女の子がいる。僕はつい、ぎょっとして飛び跳ねそうになった。驚いた、いつからそこにいたのだろう。

小学校高学年くらいだろうか、社に体を隠し、顔だけ出している。髪を肩の高さで切り揃えた、色白な女の子だ。僕のことをじーっと凝視している。

「こんにちは。なにしてるの？」

僕が挨拶をすると、女の子はおずおずと下を向いた。

「お友達を、待ってるの」

「待ち合わせしてるの？」

カナカナカナと、ヒグラシの声が降り注ぐ。女の子は僕の質問にはこたえず、すっと顔を引っ込めた。恥ずかしがり屋さんなのだろうと、僕は見えない彼女に微笑みかけた。

「お友達と遊んだら、暗くならないうちに帰ろうね」

小学校はまだ夏休みの時期だ。子供が神社で遊んでいても不自然ではない。僕は社に背を向け、神社をあとにした。早く交番に戻ろう。

僕がこの神社でこの少女と再会するのは、その数週間後のことだった。


九月中頃の当直の夜、僕はその一報を受けた。

「はい、かつぶし交番です」

「助けてください！　娘が帰ってこないんです！」

張り詰めた甲高い声が受話器から響き、僕は全身がびりっと痺れた。

電話の相手は、水野《みずの》さんという女性だった。

小学六年生のひとり娘が、家に帰ってこないのだという。名前は水野真奈《まな》ちゃん。普段なら、母親である水野さんがパートから帰ってくる夕方四時には、すでに家にいる。友達と遊ぶ日でも遅くとも五時半には戻ってくるという。しかし今日は、七時を過ぎてもまだ帰宅していない。

水野さんは、電話口で震える声で語った。

「こんなに遅くなったことは、今までに一度もないんです。真奈の身になにかあったんじゃ……」

「落ち着いてください、一緒に捜しましょう」

受話器を置いて懐中電灯を引っ掴み、僕は交番を飛び出した。平和なかつぶし交番には珍しい、緊迫した事案だった。

聞いていた住所を自転車で訪ね、水野さんと対面する。玄関口で顔を合わせた彼女は、焦燥して啜り泣いていた。

今日、真奈ちゃんは五時半を過ぎても帰らず、不審に思った水野さんは少し様子を見てから、六時頃に学校に連絡をした。学校側は四時前にはもう真奈ちゃんを下校させており、真奈ちゃんの友達に電話をしても、今日は誰も遊ぶ約束はしていなかった。真奈ちゃんが四時前に学校を出て以降の足取りが、全く掴めないのだ。水野さんは慌てて家を飛び出し、周辺を捜し回ったが真奈ちゃんは見つからなかった。

とうとう七時を回っても娘は戻らず、交番に電話をかけたとのことだ。

今、住宅街では真奈ちゃんのクラスの担任の先生と、彼女の友達のお父さんが一名、真奈ちゃんを捜している。水野さんからの連絡を受け、捜索に協力してくれているそうだ。

水野さんが両手で顔を覆った。

「どうしよう！　もっと早く捜していれば、暗くなる前に見つけられたかもしれないのに」

「水野さん、落ち着いてください。真奈ちゃんは必ず見つかります」

こんなに冷静さを欠いていては、見つかるものも見つからない。僕は水野さんを宥めつつ、質問した。

「真奈ちゃんの写真はありますか？」

「ええと、これです」

水野さんは慌てふためきながら、携帯の画面を僕に向けた。肩までの長さのボブカットの女の子だ。くりっとした大きな目の、かわいらしい子である。水野さんが、娘の写真を眺めて震えた声を出す。

「今日はオレンジのスカートを穿いていました……」

「真奈ちゃんの行動範囲を教えていただけますか」

「学校と家の他には、公園で遊ぶのと……あとは友達の家が町外れにあるくらいです。それと、自力で行く中でもっとも遠いのは、隣町にあるテニスクラブ。週に一回、土曜日に通っている習い事です」

話しているうちに、水野さんの興奮は少しずつおさまってきた。不安げな面持ちは変わらないものの、今は冷静に会話ができる。

メモを取っていると、背後で玄関の扉が開いた。扉の縁がトンと、僕の背中に当たる。

「ただいま……えっ、警察？」

立っていたのは、眼鏡をかけたスーツ姿の男性だった。目をぱちくりさせる彼に、水野さんが声を震わせる。

「真奈が帰ってきてない。メール見てないの⁉」

「携帯の電池が切れてて……」

真奈ちゃんの父親で間違いないであろう彼は、ただ呆然と立ち尽くしていた。突然のことに頭が処理しきれないのだろう。そんな彼を跳ね除け、奥さんの水野さんが外へと飛び出す。

「テニスクラブの方を車で見てきます」

「水野さん！　落ち着いてくださいね！」

それだけ投げかけて、僕は彼女を見送った。そしてまだ硬直している、父親の方に視線を向ける。

「お父様はご自宅で待機していてください。真奈ちゃんが帰ってくるかもしれないので」

「あの、真奈がいなくなったというのは……」

仕事から帰ってきたばかりの彼は、現状から置いていかれていた。僕はひと呼吸置いて、改めて言う。

「学校から帰ってきてないんです。奥様は外を捜しにいってくれましたので、お父様はここで真奈ちゃんを待っていてください。僕は周辺を捜してきます」

「そんな……」

徐々に事態を呑み込めてきたのだろう。父親の顔色が、みるみる青くなっていく。

「真奈……どこにいるんだ」

「必ず見つけ出します」

彼の目に誓い、僕はメモを握った。出かけようとする背中に、声を投げられる。

「今朝、瑣末なことで娘と喧嘩をしたんです」

ぽつり、ぽつりと、スーツの男は語った。

「私のせいで家に帰りたくなくなって、家出してしまったのかも……」

猫背で俯く背中が小さく見える。僕は彼の肩を軽く叩いた。

「大丈夫です。行ってきますね」

僕は玄関の扉を開けて、夕暮れの町へと踏み出した。


商店街で真奈ちゃんの姿を捜していると、背中にドンッと衝撃があった。

「どーん！　小槙さん、パトロール？　今日もお疲れ様！」

人懐っこい元気な声の主は、春川くんだ。

「俺も今日は部活が長引いちゃってお疲れ様なんだー。あれ、小槙さん、なんか難しい顔してるね？」

春川くんが僕の険しい面持ちに気づき、釣られたように真顔になった。僕は小さく頷いて、早口に答える。

「女の子が行方不明になっててね」

「マジっすか⁉　俺も捜すよ！」

「いや、君はいいよ。万が一なにかの事件だったら、君まで巻き込まれちゃうといけないから」

今にも駆け出しそうな春川くんに言い聞かせるも、彼は不服そうに食い下がった。

「捜し手の人数は多い方がいいよ」

「そうだけど、もう時間も遅いからね。こういうときのための警察なんだから、僕に任せて」

「小槇さん頼りないからなあ」

「こら。言うこと聞かないと補導するぞ」

「あー！　職権濫用！　もう、分かったよ。つれないな」

春川くんはむすっとしつつも、しぶしぶ頷いてくれた。春川くんを捜査に巻き込むことはないが、念のため、情報は確認しておく。

「春川くん、小六くらいの女の子見てない？　肩くらいの髪の長さの、オレンジのスカートを着てる子なんだけど」

「見てない。田嶋と山村にも訊いてみるね」

「助かるよ」

情報を集めてもらえるのは心強い。

春川くんと別れ、僕は真奈ちゃん捜しに戻った。商店街にはそれらしい影は見当たらない。だが、駄菓子屋のおばあちゃんが彼女にお菓子を売っており、さらに八百屋さんのご夫婦が、五時くらいに真奈ちゃんが通りを歩いていたのを目撃していた。

町の人々は皆、真奈ちゃんを心配した。春川くんに限らず、多くの人たちが自分も捜索に加わろうとする。その度に僕は彼らを止め、そしてその度にこの町のお節介なほどの温もりを再確認させられた。

そうして真奈ちゃんを捜し回り、やがて二時間が経過した。周辺はもう、とっぷりと暗い。

目撃情報は多少は集まったものの、真奈ちゃんはまだ見つかっていない。隣町のテニスクラブから戻ってきた水野さんも、再び泣き崩れた。

すでに本格的な捜索が始まっており、所轄も、週休の笹倉さんと非番の柴崎さんも協力してくれている。捜索規模が大きくなって、捜索に加わった真奈ちゃんの担任の先生、友達のお父さんには引き上げてもらうことにした。

公園で顔を合わせた笹倉さんが、普段どおりの力の抜けた話し方で問うてくる。

「いねえな。まだ見てないとこあるか？」

僕はうーんと深く唸った。

「商店街は路地裏まで見ましたし、住宅街も土手も、海の方も全部見ました」

「神社もか」

「神社も、見ました」

かつぶし神社は、商店街の次に確認した場所だった。八百屋さん夫婦から聞いた話によれば、真奈ちゃんは神社方面に向かっていたからだ。

笹倉さんが伸びをして、公園を去りながら言う。

「そうかあ。んじゃ、俺はもういっぺん小学校の近くを捜してくる」

「よろしくお願いします」

　僕は彼の背中に敬礼した。彼を見送って、僕ははたと、先月の終わり頃の出来事を思い出した。上田さんのパグがいなくなった、あの日。その記憶が鮮明な映像になって、頭の中に蘇った。

『お友達を、待ってるの』

　照れくさそうに顔を引っ込めた、小さな女の子。

「もしかして……」

　あのときは、距離があったせいもあり、しっかり顔を見られなかった。だから今まで、思い出さなかったのかもしれない。だけれど、もしかしてあれは真奈ちゃんだったのではないか。日頃からああして、かつぶし神社で友達と待ち合わせをして遊んでいたのだとしたら、今回もそこにいる可能性が高い。八百屋さん夫婦からの目撃情報とも合致する。

　学校の友達に遊ぶ約束をしていた子はいないと聞いているが、校外の友達だったら。隣町に習い事へ行っていると聞いているし、有り得なくはない。

　もう一度よく見てみよう。先程は見つけられなかったが、手がかりくらいは残っているかもしれない。公園の時計が九時半を示している。僕はかつぶし神社に向かって、夜空の下を駆け出した。

「え!?」

神社の鳥居の前にいたその背中を見て、僕は目を疑った。白くてコロンとしたフォルムに、薄い茶色の模様。焼いたお餅のようなルックスに、三角の耳と短い尻尾。

「なんでおもちさんがここに？」

「おや、小槙くん」

振り向いたおもちさんの目は、懐中電灯の光を受けてピカッと光った。おもちさんが緊張感のない声で言う。

「今しがた夜の散歩をしていたら、春川くんに会いましてにゃ。真奈ちゃんはよく神社の辺りで遊んでるとの情報が入ったと、吾輩に話してくれたのですにゃ。情報源は、真奈ちゃんの友達のお姉さん、春川くんのクラスメイトですにゃ」

「そうなのか。ますます濃厚になってきたな」

僕は目の前の鳥居と、その先に延びた石段を見上げた。奥の方は木々に呑み込まれ、真っ暗で見えない。やはり、真奈ちゃんは神社にいる気がする。先程は見つけられなかったけれど、この前の上田さんのパグのように、雑木林の方に迷い込んでいるかもしれない。

おもちさんも、石段を見つめていた。

「吾輩に伝えてくれたあと、春川くんは交番にも連絡すると言っていたですにゃ。因みに今、交番には柴崎ちゃんが待機しているですにゃー」

「じゃ、柴崎さん経由で笹倉さんや所轄にも伝達されますね」

石段を囲む木々が、風でざわざわ揺れる。茂みの中から寂しげな虫の声がして、異様な不気味さを助長させていた。

僕は早歩きで鳥居を潜った。おもちさんも、トコトコとついてくる。

と、石段の先の暗がりの中に、小さな人影が見えた気がした。

「真奈ちゃん？」

懐中電灯を掲げて、顔を確認しようとした。しかし、しっかりと照らす前に、人影はふいっとそっぽを向いて、光の届かない先の方へと逃げていく。

「待って！」

石段を踏む足が加速する。

おもちさんと一緒にこの石段を上ると、夏至の夜の夢が脳裏を過ぎる。だが、やはりすぐにどうでもよくなって、真奈ちゃんのことだけに気持ちが集中した。

時折、懐中電灯の明かりの中に人影が浮かぶ。小さなシルエットはたしかにそこにあるのに、全然追いつかない。

石段を夢中で上り詰めて、最後の一段を越えた、そのとき。社の前に佇む、小さな影を見つけた。懐中電灯を向けると、光の中にぼんやりと、少女の姿が浮かび上がる。顔を見定める前に、少女はくるりとこちらに背中を向けた。肩の高さで真っ直ぐ揃った髪が、少女の動きに合わせて広がる。暗がりの中に駆けていき、懐中電灯の光から外れていく。まだ確信は持てなかったが、後ろ姿は、写真で見た真奈ちゃんにそっくりだった。

彼女の影が社の向こうへと消える。僕は懐中電灯を真っ直ぐ向けて、彼女の背中を追いかけた。

「真奈ちゃん、待って」

仮に真奈ちゃんでなくても、こんな時間にひとりでいるのなら放っておけない。社の後ろに回り込んで、あれっと立ち止まる。確実にここに隠れたはずなのに、いない。ぽかんとしていると、どこからかくすくすと笑い声が聞こえてきた。

懐中電灯をかざして、周囲を探る。辺りを見回した僕は、思わずあっと叫んだ。いつの間にやら真奈ちゃんらしき少女は、社よりうんと手前の灯篭の陰から顔を出していたのだ。懐中電灯を向けると、またその光の中をすり抜けるようにして逃げ出す。追いかけると見失い、立ち止まると笑い声が聞こえる。そして物陰に少女を発見する。

木の下や賽銭箱の裏、すごいときは社の屋根の上と、少女は身軽に移動した。そんな僕と少女の攻防を、おもちさんは石畳の真ん中で退屈そうに眺めている。

少女を追いかけていた僕は、奥歯を噛んだ。明らかにおかしい。どうして少女は、逃げた方向と違う場所に現れるのか。一旦姿を消したら、移動距離も時間も関係なくランダムに出現する。どう考えても不自然だ。いつの間にか、僕自身が違和感に包み込まれている。

また見失った。懐中電灯で全体を照らしても見つからない。石畳に座るおもちさんに光を当てると、おもちさんはじっと一点を見つめていた。その視線を追って明かりを動かすと、狐の石像の上に立つ少女を発見した。僕はひとつ息を吐いて、額の汗を拭った。

「さっき見たときは、そこにいなかったじゃないか」

少女はうふふと笑うと、石像から飛び降りた。

「鬼さん、こちら」

「君ね！　遊んでる場合じゃないよ。皆、真奈ちゃんのこと捜してるんだよ！」

僕は息を切らして、少女の影に向かって駆け出した。狐の石像の裏側に隠れた少女に、腕を伸ばす。ぱしっと、手に彼女の腕の感触があった。ようやく捕まえた。

「ここにいるってこと、もう交番に連絡が行ってる頃だ。もうすぐ他の警察官も、君のお母さんとお父さんも来る」

少し語気を荒らげて、僕は彼女の腕を引っ張った。引き寄せられた少女は、肩までの髪にオレンジ色のスカート、くりっとした大きな瞳の、水野真奈ちゃんで間違いなかった。

彼女は驚嘆顔で僕を見上げている。

「おにいさん、誰？」

「町の交番の警察官。ほら真奈ちゃん、帰るよ」

「え、でも私、帰りたくない」

「どうしてそんなこと言うの」

僕が真奈ちゃんの目の高さに合わせて、しゃがんだときだった。背中にくすくすと、笑い声が届いてくる。

僕は一瞬固まって、正面の真奈ちゃんと目を合わせた。また、背後から静かな笑い声がする。

真奈ちゃんは目の前にいるのに、どうして後ろから？

恐る恐る振り向いて、僕は絶句した。石畳に座るおもちさんの横に、もうひとり、女の子が立っている。

懐中電灯の光の中に現れたその子は、桜色の小袖に黄色の帯、赤い鼻緒の下駄の出で立ちだった。目尻には紅色のラインが走り、ニヤリと笑う口元からは鋭い犬歯が覗く。

肩までの長さの髪は真奈ちゃんと同じだが、服も、顔も、全然違う。

「君は……？」

この現代に、あまりにも稀有な装いだ。どことなく妖しげで、蠱惑的なオーラが漂っている。直感した。僕が追いかけていた少女は、真奈ちゃんではなかった。多分、あの子の方だ。

「あの子はね、おあげちゃん！」

答えたのは、僕の横にいた真奈ちゃんだった。

「お、おあげちゃん？」

「うん。今日友達になったの」

真奈ちゃんは無邪気な花笑みで話した。

「学校のあと、おうちに帰るのやだなーって思ってね。お小遣いでたくさんお菓子を買って、できるだけ神社で時間を潰そうと思ってたの。そしたらそこにおあげちゃんが来て、私、お菓子分けてあげたの」

「それで仲良くなって、ここで遊んでいたと」

僕は後ろを振り向いて、小袖の少女……即ち、おあげちゃんに目をやった。彼女は後ろで手を組んで立ち、おもちさんを横目で見下ろしている。

「猫ちゃん、おにいさんのお友達？」

こちらの話など無視して、おもちさんに話しかけていた。おもちさんは視線を返すことすらもせず、気だるそうに石畳に寝そべった。

「友達、というのはちょっと違うですにゃ。後輩といったところですかにゃ」

「コーハイ？　それ、仲良し？」

「ええと……おあげちゃん？　君もこんなに遅くまで遊んでたらだめだよ」

僕が注意をすると、おあげちゃんはちらっとこちらに目を向けてきた。しかし、にこっと微笑むだけである。

「おにいさんも遊ぼー」

やはり、独特の雰囲気のある少女だ。鳥肌が立つのを感じつつ、僕は真奈ちゃんとおあげちゃんの両方に問う。

「ふたりともここで仲良くなって、こんな時間まで遊んでたの？」

すると真奈ちゃんが、大仰に肩を竦めた。

「もう、おまわりさんって過保護なのね。そんなに言うほど遅くないでしょ？」

驚いたことに、真奈ちゃんはしれっとそう言ってのけた。こんなに遅くまで遊んでいれば心のどこかで罪悪感を感じているかと思ったのだが、全く悪びれていない。僕は少し、声を低くした。

「真奈ちゃん、今何時だと思ってるの？」

「えっ。そうだなあ、学校が終わったのが四時ちょっと前くらいだったから……」

真奈ちゃんが虚空を見上げる。

「今、四時半くらい？」

「……え？」

真奈ちゃんのまさかの返答に、僕は愕然とした。

時間の認知がかなり歪んだ子なのか、いや、こんなに辺りが暗いのだからもう遅い時間なのは分かっているはず。僕をからかって面白がっているのか。だが、真奈ちゃんにふざけている様子はない。彼女は至って素直に、なぜこんなに心配されているのか分からないといった顔をしていた。

背後でまた、おあげちゃんがくすくすと笑う。僕は彼女を一瞥し、真奈ちゃんに向き直った。

「周りをよく見て。もう真っ暗だよ」

「ん？　……あれっ、本当だ！」

真奈ちゃんが周囲を見回し、ぎょっと目を剥いた。

「どうして？　そんなはずないよ！　だってまだお菓子を食べて、おあげちゃんとかくれんぼを二回しただけだもん。そんなに何時間も経ってるわけない！」

やはり僕をおちょくっているのでも、言い逃れのために演技をしているのでもない。本当に、時間の経過に気づいていなかったという反応だった。

真奈ちゃんの感覚としては三十分くらいしか経っていないとのことだが、実際、真奈ちゃんが学校を出てから五時間以上経過している。時間の感覚があまりにもおかしい。僕は困惑して、助けを求めるようにおもちさんに目をやった。おもちさんも僕を見上げていたが、見ているだけでなにも言わない。その隣に立つおあげちゃんも、にこにこしているだけで口を開かない。

僕は混乱を抑え、真奈ちゃんを諭した。

「でも実際、もうこんなに暗いでしょ。帰ろうね」

「やだ！」

真奈ちゃんは僕の声に被さる勢いで即答した。驚く僕を見て、彼女はハッと身をかたくした。

「ごめんなさい、まだ遊びたいの」

「どうして？」

「だって、おあげちゃんと遊ぶの、楽しいから」

真奈ちゃんが僕から視線を外し、ごにょごにょと答える。目を合わせようとしない彼女の顔を、僕は一方的に見つめた。

「また遊べばいいでしょ。今日はもうおしまい」

「うーん、でも……」

「あのね、おまわりさん。真奈はね、心の支度をしてるんだよー」

ごねる真奈ちゃんの傍へ、おあげちゃんが歩み寄ってきた。腕にはおもちさんを抱っこしている。いたずらっぽい微笑みを湛えて、おあげちゃんはそっと、真奈ちゃんの肩に手を置いた。

「真奈が帰りたくないって言ったから、おあげは真奈とたくさん遊べるって思ったんだよ」

舌っ足らずな甘え声で、おあげちゃんはそう言った。僕は彼女の細めた瞳を見、真奈ちゃんに尋ねる。

「真奈ちゃん、おうちに帰りたくないの？」

「……ちょっとだけ。パパに会いたくない」

真奈ちゃんが顔を伏せる。前髪が下がって、目元が影になった。

「今朝ね、パパがジャムを使い切っちゃったの。トーストに塗るやつ」

「ジャム？」

「うん。ママが作ってくれたジャム。おいしいから大好きでね、今朝もそれを塗ったトーストを食べるの、楽しみにしてたんだ。それなのに、パパったら私の分を残さないでたっぷり塗って、全部食べちゃったの」

真奈ちゃんがくるっと僕に背を向けた。社に向かって歩いていき、賽銭箱を背もたれにして座った。おあげちゃんがおもちさんを抱え直し、真奈ちゃんに駆け寄って隣に腰を下ろす。僕も、石像の横から腰を上げ、賽銭箱の前に座り直した。僕とおあげちゃんが、真奈ちゃんを真ん中に挟む形で並ぶ。おもちさんは、おあげちゃんの胸に抱かれて目を閉じていた。

　真奈ちゃんが、石畳に投げ出した自身の爪先を睨む。

「パパは私がそのジャム好きなの知ってたのに、気が利かないと思わない？　それで私、『残しておいてよ』って怒ったの。そしたらパパは『ジャムくらいで怒るな』って言い返してきてね。ジャム〝くらい〟って酷いでしょ、ママが作ってくれたものなのに。私の大好物なのにさ」

　真奈ちゃん越しのおあげちゃんは、口角を吊り上げて真奈ちゃんの話を聞いている。僕は後ろに手をついて、黙って空を見上げた。星がちらちらと瞬いている。

「私、思わず『パパなんか大嫌い』って言ったの。けどパパはなんにも返事しないで、そのまんま会社に行っちゃった」

　真奈ちゃんの話し方は、自嘲気味で、そして寂しげだった。

「家に帰っても、きっとパパは今朝の喧嘩なんて覚えてないよ。私が楽しみにしてたジャムも、パパのこと嫌いって言ったのも、全部忘れてるんだよ。そんなことより忙しくって、私の好きなものとか、怒った理由とか、どうでもいいんだろうから」

　あーあ、と真奈ちゃんが急に大きめの声を出した。

「そう思ったら、帰ってパパの顔見るのが嫌になっちゃってさ。気持ちの整理がつくまで遊んでいようと思って、お菓子を買ってここに来たの。そんな小っちゃい理由。バカみたいでしょ」

「そういうこと。だからおあげは、真奈が元気になるまで一緒に遊んでたのー」

おあげちゃんがニコッと笑う。

「この前はねー、ワンちゃんと遊んだのー。でもね、すぐに飼い主さんに会いたがったから、あんまりたくさん遊べなかったの。おあげ、次のお友達待ってたから、真奈が来てくれて嬉しかったんだよー」

「え、ワンちゃんと遊んだの？　いいなあ、私もワンちゃん好き！」

真奈ちゃんが言うと、おあげちゃんはきゅっと目を細めて頷いた。

「パグっていう、くしゃっとしたお顔のかわいいワンちゃんだったよー」

ふたりのやりとりを聞きながら、僕は俯き、伸ばしていた脚を引き寄せた。畳んだ脚を腕に抱いて、膝小僧に顎を乗せる。

真奈ちゃんは、父親と喧嘩をした気まずさを紛らわそうとして神社に遊びに来た。そこでおあげちゃんと出会い、仲良くなって遊んでいたら、いつの間にか日が暮れていたという。体感時間が短く感じるほどに夢中で遊んでいたのだろうか。それでも、本人の気持ちの整理はまだついていない。

僕は水野さん夫婦の顔を思い起こした。真奈ちゃんを心配して泣いて焦る母親と、呆然とする父親だ。父親のスーツの背中が、やけに小さく見えたのが印象的だった。あの弱った後ろ姿と、萎んだ声が蘇る。

『今朝、瑣末なことで娘と喧嘩をしたんです。私のせいで家に帰りたくなくなって、家出してしまったのかも……』

「真奈ちゃん。お父さんも、気にしてたよ」

僕はひとつ、まばたきをした。

「自分のせいで真奈ちゃんがいなくなっちゃったんじゃないかって、自分を責めてた」

「そうなの？」

真奈ちゃんが素っ頓狂な声を出す。僕は膝に頬をくっつけて、真奈ちゃんの方に顔を向けた。

「そうだよ。多分、お父さんは真奈ちゃんが思ってる以上にずっと、真奈ちゃんのこと気にかけてる。ジャムの一件は、お父さんの気遣い不足だと思うけど」

ぽかんとする真奈ちゃんの頭を、そっと撫でてみる。

「すっごく反省してたんじゃないかな。そろそろ許してあげよう？」

苦笑いする僕を見て、真奈ちゃんは目をぱちくりさせていた。その真奈ちゃん越しに見えるおあげちゃんは、どこか満足げに微笑している。

しばし僕を見ていた真奈ちゃんは、ふいっと正面を向いて虚空を睨んでいた。やがて大きなため息をついて、ぴょんと跳ねるように立ち上がる。

「仕方ないなあ。帰らないと謝ってもらえないもんね」

「よかった」

僕も立とうとして、その前におあげちゃんに顔を向けた。

「おあげちゃんも、おうちに帰……」

「真奈」

僕の言葉を遮って、おあげちゃんはニコニコ笑い、真奈ちゃんに呼びかけた。

「また遊んでね」

「もちろん」

真奈ちゃんが笑い返す。おあげちゃんは、僕にも微笑みかけた。

「おまわりさんも、また遊んでね」

「僕も？」

「うん。追いかけっこ、とっても楽しかった」

おあげちゃんがそう言って、僕に手を振る。マイペースな子だ。当惑していた僕は、ふと、おあげちゃんの背中のそれに気づいて目を疑った。

「なにそれ……」

おあげちゃんのお尻のあたりから、白い大きな毛の束が伸びている。ふっくらと大きくて、ふよふよと揺れている。

尻尾だ。どう見ても尻尾だ。彼女の身長の半分くらいの長さはある、大きな白い尻尾である。

僕は今、なにを目の前にしているのだろう。こんなもの、今まで生えていなかったではないか。絶句する僕を可笑しそうに眺め、おあげちゃんは小さな手のひらを振っている。そしてその手指の形を変え、親指と中指と薬指の腹をくっつけて、人差し指と小指をぴんと立てた。

そのときだった。

「小槙さん！　小槙さん、気がついた!?」

ハッと気がつくと、僕の目の前には真っ青な春川くんの顔があった。僕は目を擦り、春川くんの顔を見上げる。

春川くん、いつからそこに。僕自身は数秒前と変わらず、神社の賽銭箱に寄りかかったままだったが、星が浮かんでいたはずの空がいつの間にか秋晴れの青空になっており、涼やかな風が紅葉の葉を撫でていた。

横には真奈ちゃんが、僕と同じくぽかんとした顔で座っている。その隣にはおもちさんが丸まっていた。しかしもうひとり、そこにいたはずのおあげちゃんは、どこにも見当たらない。

頭の整理が追いつかない。つい先程まで夜だったのに、一瞬のうちに明るくなっている。

なにが起きたのか、今は何時なのか、全然分からない。

惚けている僕の膝に、ぽたっと熱いものが落ちてきた。僕の肩に手を置いて、春川くんがぼろぼろ涙を零している。

「えっ、春川くん⁉　大丈夫？」

「こっちの台詞だよ……。今までどこにいたんだよ、小槙さん。俺がどれほど心配したと思って……！」

わあっと泣き出す春川くんに、僕はただただ動揺した。ちらりとおもちさんに目をやって助けを仰ぐも、おもちさんは白けた目で見ているだけである。

「と、とりあえず」

僕は春川くんの手を退けて、彼の頭をぽんぽんと撫でた。

「真奈ちゃんをおうちに送り届けてきます」


「パパのバカー！　私が怒ってるのはジャムを使い切ったからだけじゃない！　パパがママのジャムをジャム〝くらい〟呼ばわりしたことと、娘の好きなものをちゃんと覚えてないことと、その私の大好きなジャムをジャム〝くらい〟って言ったことを怒ってるのかつぶし町から車で数十分の、病院の一室。真奈ちゃんがお父さんにぎゃあぎゃあ怒っている。僕も、同じ部屋のベッドに寝かされていた。

僕のベッドの横で、丸椅子に腰掛けた笹倉さんが、眉間に皺を寄せている。

「ふたりとも、健康状態に問題はないらしいな。無事に越したことはないが、しかし、なんでだ小槙」

彼はじっと、僕の顔を怪訝な目つきで見つめた。

「お前、九日間も行方不明だったのに」

僕自身も、不思議でならなかった。真奈ちゃんがいなくなった日、僕は公園で笹倉さんと話したのを最後に、そのまま行方をくらましていたらしい。それも、九日間もだ。真奈ちゃんもおもちさんも、見つからなかったという。

第一発見者は、放課後に神社を見にきた春川くんである。僕と春川くんとで真奈ちゃんを家に送り届け、しばらくして救急車が来て、この病院に運ばれ、今に至る。

このあと僕と真奈ちゃんは、それぞれ別の病室に移ることになっている。検査入院とのことだが、一日二日で退院できそうだ。

それにしても、九日も経っていたというのはにわかに信じられない。僕は真奈ちゃんを見つけてから、ほんの数分神社にいただけだった。まさかそんなに時間が経っていたなんて有り得ない。しかしたしかに、神社の木々が紅葉しはじめていた。

笹倉さんが険しい顔をする。

「お前、九日もどこ行ってやがった？」

「自分でもさっぱりです」

「そんな感じだな。狐に摘《つま》まれたような顔しやがって」

笹倉さんは脚を組み、前屈みになった。僕は、狐かあ、と口の中で笹倉さんの言葉を繰り返した。頭を掻き、唸る。

「僕が不在の間、仕事放ったらかしてしまってすみません」

「いや、それは所轄から応援が来てるから気にすんな。つうか、それどころじゃねえだろ」

笹倉さんと話していると、病室の戸がガラッと開いた。ベッドのカーテンを開けっ放しにしていたおかげで、すぐにその顔が目に入った。

「春川くん」

「小槇さーん！　元気そうでよかった！」

救急車には乗らなかった春川くんが、わざわざお見舞いのために追ってきてくれた。手には洋菓子店の箱を持っている。

「これ、母ちゃんに持たされた。ここのプリンおいしいんだよ。食べて食べて」

春川くんは、笹倉さんを押しのけて箱を差し出してきた。元気な彼を見ていると、こちらまで明るい気持ちになる。

「ありがとう。心配かけてごめんね」

僕がお礼をしつつ謝ると、春川くんはさっとプリンの箱を引っ込めた。代わりに、僕の額にビシッと容赦のないデコピンを叩き込む。

「痛って！」

「『心配かけてごめんね』？　ほんとだよ！　俺ね、小槇さんとおもちさんがいなくなってから毎日、日が暮れるまで神社を捜索してたんだよ。笹倉さんに叱られたけど、それでも毎日！　宿題もやらずに！」

「毎日⁉」

目を丸くすると、春川くんは何度も頷いた。

「おもちさんに神社のことを伝えたの、俺だからね。ふたりとも神社に行ったんだってすぐ分かったよ」

春川くんは僕らがいなくなったと知るや否や、神社へ捜しにきたらしい。しかし毎日捜していたにも拘らず、僕も真奈ちゃんもおもちさんも、どこにもいなかったそうだ。

笹倉さんが脚を組み直した。

「俊太にそれ聞いてたからよ、俺も柴崎も所轄の連中も皆、神社を重点的に捜した。奥の林の方も、全部調べた。痕跡ひとつなかったがな」

考えてみたら、パグのポチくんを見つけた日もおかしかった。捜しても全く見つからなかったのに、突然どこからか戻ってきた。

社の陰から顔を出した、あの女の子もそうだ。石段を上ってきた様子はなく、いつの間にか境内に現れていた。ポチくんを捜しているときは一切見かけなかったのにだ。

思考してみたが、数秒で考えるのをやめた。こういう訳の分からない現象は、考えたところで答えは出ない。考えても頭が痛くなるだけだ。それよりも、春川くんたちが捜してくれたというたしかな事実の方が、今は大事だ。

難しい問題は放棄して、僕は改めて春川くんに感謝した。

「捜してくれてありがとう」

「まあ、小槇さんは友達だからね」

春川くんはニッと笑むと、僕にプリンの箱を突き出してきた。僕はありがたく受け取り、それから笹倉さんに尋ねた。

「おもちさんはどうしてますか？」

当然ながら、おもちさんは僕らと一緒に病院に運ばれてきてはいない。笹倉さんが、ああ、と返事をする。

「柴崎が動物病院に連れていった」

「どうぶ……!?　あっ、そうか。おもちさんは猫ですもんね」

喋る猫も普通の動物病院でいいのか疑問だが、少なくとも人間の病院に行くのは違うだろうから、一応それが最適解だろう。

もうひとつ、気にかかっていることがある。僕はプリンの箱をじっと見つめ、どう話すべきか迷い、意を決して切り出した。

「ねえ春川くん、僕たちを見つけたとき、もうひとり女の子がいなかった？」

「えっ、真奈ちゃんの他に？」

春川くんがきょとんとして首を傾げる。

「いなかったよ。……もしかして、まだ行方不明の子がいるの？」

語尾に近づくにつれ、春川くんの横で笹倉さんの顔がみるみる強ばっていく。

「おいマジかよ。小槙、その子の名前は聞いてんのか」

「え、えーっと……」

おあげちゃんの名前を口にしかけて、喉で止めた。最後の最後に見えた、あの白い尻尾。そもそもあの子は、人間なのだろうか。

結局僕は、お茶を濁した。

「すみません、まだちょっと記憶がこんがらがってるかも」

「重要なこと思い出したらすぐに言えよ。当たり前だが報告書も出してもらう。退院したらでいいから」

　そんなやりとりをしていると、看護師さんが廊下から顔を覗かせた。

「もうすぐ検査の時間なので、小槇さんも真奈ちゃんも準備をお願いします。お見舞いの皆さんは、すみませんが一旦退室をお願いします」

「はーい。ほら俊太、行くぞ。水野さんも」

　笹倉さんが返事をし、居座ろうとする春川くんと、娘から離れたくない真奈ちゃんのお父さんを半ば引きずるようにして退室していく。

　僕と真奈ちゃんだけが残されると、真奈ちゃんが僕に声をかけてきた。

「ねえおまわりさん。助けてくれてありがとうね」

「いやあ、僕はなにも……。一緒に行方不明になってたみたいだし」

　苦笑いをする僕に、真奈ちゃんは優しく微笑みかけてくれた。そして少しだけ、声のトーンが下がる。

「社会科の授業で町を探検したとき、聞いたんだけどね。かつぶし神社は、神様の使いの白い狐がいるんだって」

　彼女はベッドの上に足を投げ出し、天井を仰いだ。

「それでね、その子はとってもいたずら好きで。お友達ができると、元の世界から見つからないように隠しちゃうんだって」

おとぎ話でも聞かせるかのように、真奈ちゃんが楽しげに語る。僕は布団から這い出して、床に足を下ろした。

「真奈ちゃん、そういうの怖くないの？」

「うん。だって、遊びたいだけだからね。『帰りたい』って言えばちゃんと帰してくれる。きっと、退屈なんだよ。暇って意味じゃなくてね、人のお願いごと聞いてばっかりで、お仕事漬けで飽きちゃうんだと思う」

真奈ちゃんは、えへへとはにかんだ。

「でね、きっと楽しくないことは嫌いなの。遊んでくれない大人も、お友達を無理に奪い返す人も、好きじゃないと思う」

「そうだね」

なんとなく、変に納得してしまった。誰とは言っていないのに、僕の頭の中にはすぐ、桜色の小袖が浮かんだ。たしかに目に焼き付いた、ふわふわの白い尻尾も。

少女の声が、頭の中に蘇る。

『お友達を、待ってるの』

あの子は、遊んでくれるお友達を待っている。僕が捜してもすぐには見つけられなかったのは、あの子に拒まれていたからなのかもしれない。

真奈ちゃんはキリッと真剣な顔になった。

「だから多分、他の誰かにあの子のこと話しても、会えないと思う！」

廊下から看護師さんが戻ってくる。真奈ちゃんはぱっと切り替えて、看護師さんの方へ駆けていく。そしてこちらを振り向いて、親指と中指と薬指の腹を合わせ、人差し指と小指を真っ直ぐ立てて見せた。

憧憬、そして今

「僕、警察官向いてないんですかね」

十月に入って、最初の非番の日。笹倉さんに前日からの引き継ぎをしていた僕は、徐ろに弱音を吐いた。

ぽつんと呟いたそれを聞いて、笹倉さんも、週休なのにおもちさんに会いに来ていた柴崎さんも、ぴたりと固まった。そしてふたりして、口を揃えて言った。

「なにを今更」

「今更ですか」

「おふたりとも辛辣ですね」

フォローを期待していた甘々な僕は、ふたりの真顔に真顔で返した。柴崎さんが猫用サラミの袋を開ける。

「小槙くんは鈍感ですし、楽天的すぎますし、仕事は遅いです。危なっかしいから、警察官なのに近隣の住民から逆に見守られている」

「こらこら柴崎、後輩をいじめなさんな。俺もそう思ってるけど口にはしてねえ」

笹倉さんが書類の角を揃えつつ、柴崎さんを制する。制しながら、同意している。束ねた書類をデスクに置いて、笹倉さんは改めて僕に問うた。

「一旦聞こう。なぜ急に自覚したのか」

「自分でも薄々感づいてはいましたが、真奈ちゃんの件で確信に近づいたんです」

僕は苦笑して、ここのところ抱えていたもやもやを吐露した。

「僕は真奈ちゃんを捜す側だったのに、いつの間にか自分も行方不明になっていて捜される側に変わっていたじゃないですか。あまりにも不甲斐ない結果になってしまったなと」

「んなの、この業界じゃ日常茶飯事だろ」

笹倉さんがフォローしてくれたが、僕はまだ納得できなかった。

「山や海などの危険な大自然の中ならともかく、慣れ親しんだ町の中だし……。それよりも、放課後に熱心に捜してくれた春川くんの方がよっぽど情熱的で、警察官向きなんじゃないかって」

「まああいつは、全力・熱血・真っ直ぐだもんな。単にバカなだけかもしれんが」

「そして僕は柴崎さんのおっしゃるとおり、鈍感で楽天的すぎて仕事は遅い。ここに来る前の配属先でも、あんまり役に立てなかった」

「そりゃ新人だったからだろ。前の配属先って、お前がこの仕事に就いて最初の交番だろ？」

　笹倉さんはデスクに片肘をつき、手に顎を乗せた。床では柴崎さんがサラミをおもちさんに与えている。サラミを味わうおもちさんの至福の面持ちを、僕はどんよりした目で眺めていた。

「でも、今いるこの交番でも、お役に立つどころか自分が行方不明になって足を引っ張る始末。今のところ、おもちさんのお世話係がいいとこです」

　はあ、と大きな嘆息をつき、僕はデスクに顔を突っ伏した。

「なんというか、僕はこの町の人々の優しさに甘えすぎてると思ったんです。この町だからなんとかなってるけど、もっと治安の悪い町だったら、とっくに打ちひしがれていたかもしれない。僕はやっぱり、警察官向きじゃない」

　早い話、自己嫌悪である。子供の頃に憧れていた警察官という職業には就けたのに、憧れていたような、理想の警察官にはなれていない。僕なんかが、自分のなりたい警察官像に近づいていける気がしない。こんな弱音を吐いてしまうことも、笹倉さんに気を遣わせてしまうことも、全部虚しい。

「重症ですね」

　柴崎さんが、おもちさんのサラミをもうひとつ開けて呟く。笹倉さんは「なるほどなあ」と低い声で言った。そしていかにも名案を閃いたといった調子で、パンと手を叩いた。

「よし小槙！　お前、どっか遠くに遊びに行ってこい」

「……え？」

顔を上げる僕に、笹倉さんは報告書の束をずいっと向けてくる。

「多分お前、疲れてんだよ。そういうときはなあ、空気が違う遠いところへ行って、腹ん中の窓を開け放って、換気すんのがいちばんだ」

「そんな、豪快な……」

「山とかいいんじゃねえか。実際空気がおいしいしよ」

戸惑う僕を置き去りにして、笹倉さんは事務椅子を倒す勢いで立ち上がった。

「そんでな、癒しを求めるにはこいつがいちばん」

彼は床にしゃがんだかと思うと、おやつを食べていたおもちさんをいきなり抱き上げる。

「猫！　さあ小槙、おもちさん連れてどこへでも好きなところへ遊びに行ってこい！」

笹倉さんの腕がずいっと、僕におもちさんのお腹を差し出してきた。

おもちさんはびっくりして咀嚼が止まっているし、柴崎さんも怪訝な顔で無言だし、僕も凍りついた。

数秒の沈黙のあと、おもちさんが暴れはじめた。

「嫌ですにゃー！　吾輩、遠くへ行くのは面倒ですにゃあ！　ナワバリを出たくないですにゃ！　できるだけ引きこもってゴロゴロしていたいのですにゃあ！　こんなに猫の仕事に向いてるんだから、吾輩は小槙くんとは違って遠くで心の換気をする必要などどこにもないですにゃ！」

「俺もたまには猫のこと考えずにせいせい仕事してえんだ。悪いが小槙、こいつ連れ出してくれねえか」

「とんだ巻き添えですにゃ！」

真正面でおもちさんがもがいている。僕はしばらく呆然として、やがて膝を叩いた。

「笹倉さんのおっしゃるとおりかもしれません！　僕、おもちさん連れて出かけてきます！」

おもちさんがばたつく足を止め、口をあんぐりさせた。

笹倉さんの提案は、最初はむちゃくちゃだなと思ったが、そういう荒療治もありかもしれない。場所を変えて違う景色を見たら、気持ちが切り替わるに違いない。おもちさんがいたら話し相手にも困らない。

「おもちさんお借りしますね」

「嫌ですにゃあ！」

おもちさんは最後までごねていたが、僕はその日の帰り、おもちさんを連れて交番を出た。

かつぶし町から鈍行電車で三時間。乗り換えは二回。僕が旅先として決めた場所は、隣の県の山中にある干物ヶ岡という農村だった。

一回目の乗り換えのあと、ガラガラに空いた電車の中、僕は少しの荷物と、猫を入れたペットキャリーを抱えて座っていた。

「干物ヶ岡……ものすごくド田舎ですにゃ。なんでそんなところへ行くのですにゃ？」

おもちさんはまだヘソを曲げている。いや、むしろ行き先を聞いたら余計に機嫌が悪くなった気さえする。僕は移り変わる窓の外の景色を、まったり眺めていた。

「子供の頃ね、たまに遊びに行ってたんです。ちょっと特別な日に」

ガタンゴトンと、電車が揺れる。僕は幼き日の光景を思い出していた。

「今はもう引っ越しちゃったんですけど、昔、そこにおじいちゃんの家があったんです。それで年に二、三回くらい会いに行ってたんですよ」

大人になった今思えば、年末年始や盆の挨拶、あとは親戚の集まりとか、そんな用事だったと思う。だけれど子供だった僕にとって大人たちの用事は自分には関係なくて、大自然の中の楽しい場所に遊びに行けるきっかけにすぎなかった。だからおじいちゃんの家に遊びに行く日は、大冒険の日だと認識していた。

「夏はカブトムシがたくさんいて、冬は雪が積もって、面白かったなあ。今の時期は、紅葉がきれいなんですよ」

「虫も雪も赤い葉っぱも、おいしくないですにゃ……」

「まあまあそう言わず。空気のおいしい自然の中で遊んだら、おもちさんもきっと楽しいですよ」

苦笑いで宥めると、おもちさんは大きなため息をついた。

「仕方にゃい。これぱっかりは逃れられない運命ですにゃ。腹を括《くく》るしか……」

「そんなにですか？」

「笹倉くんが、小槇くんに吾輩を差し出した時点でまさかとは思ったけれど……ついにこのときが来てしまったですにゃあ」

これは僕に話しかけているというより、おもちさんのひとりごとのように聞こえた。

「吾輩が行かないと、過去が、ついでに未来も、変わってしまうかもしれないですにゃ」

「なんなんですか。大袈裟だなあ」

いつまでもふくれっ面のおもちさんと話しているうちに、ふたつめの乗り換えの駅に着いた。次の電車もまた、貸し切りと錯覚するほど空いている。広々とした座席に座り、僕はおもちさんに問いかけた。

「ねえおもちさん、無粋は承知で訊きますが」

おもちさんは無言だった。僕は返事を待たずに勝手に問う。

「おあげちゃんって、やっぱりただの人間の子供とは違いますよね？」

「今更ですにゃ？」

これを言われたのは、本日三回目だ。おもちさんはキャリーの扉の網目から、僕に黄金色の虹彩を向けた。

「吾輩、ああいうのがいちばん嫌いですにゃ」

「えっ。悪いものなんですか？」

「否。悪いものじゃないのに、寂しがり屋でいたずら好きで、人間に干渉したがる、そういう奴がいちばん吾輩の手を煩わせるですにゃ」

うんざりした口調で、なにやら核心めいたことを言っている。僕は首を曲げてキャリーの中を覗き込んだ。

そういうものの面倒事を見張るのが、おもちさんの仕事なんですか？　と訊こうとしたところで、おもちさんが先に口を開いた。

「それになにより、ああいう子供はすぐ吾輩を触りたがるのですにゃ。撫でるの下手だし、抱っこの仕方は危なげだし、かといって逃げると追いかけてくるし。だから吾輩は、おあげちゃんみたいな子供が大嫌いですにゃ」

「あ、そういえば絵里ちゃんが来たときもそんなようなこと言ってましたね。ひょっとしておもちさんがおあげちゃん苦手なの、そっちがメインの理由なんですか？」

「そうですにゃ！　逃げると厄介なのは察したから大人しく抱っこされたけど、全然放してくれなくて苦痛だったですにゃ」

そういえば、おあげちゃんに抱かれているおもちさんは終始渋い顔をしていた。僕はペットキャリーの屋根をトントンと撫でた。

「猫って、小さい子供が苦手な子、多いですもんね。僕も反省してる」

「心当たりがあるのですにゃ？」

「はい。子供の頃、猫を追いかけるの好きだったんですよ。いじめてるつもりは全くなくて、ただ触りたくて、仲良くなりたかったんです」

悪気はなかったのだが、悪気がなければいいというものでもない。僕に追いかけられて撫で回された猫たちは、いい迷惑だったことだろう。

「そうそう、それこそ干物ヶ岡のおじいちゃんのところでも、猫を見つけて森の中まで追いかけて遊んでたんですよ。でね、これが僕が将来警察官になろうと決めたきっかけの出来事なんです！　聞きますか？」

だんだん熱くなってくる僕に対し、キャリーの中のおもちさんは逆にどんどん冷めていった。

「すごいですにゃ、話を聞く前から面倒くさい空気が漂っているですにゃ……」

「えー、ちょっとくらい興味持ってくださいよ」

「小槇くんの純粋なところ、時に胸焼けするですにゃ」

「いじわるだなあ。……あっ、次の駅で降りますよ。そこからバスで一時間です」

「アクセス悪すぎですにゃあ……」

長距離移動に疲れたおもちさんは、ますます機嫌が悪くなった。夜勤明けの僕も、うたた寝したり起きたりを繰り返し、旅の時間をのんびり過ごした。


「おもちさん、着きましたよ」

ペットキャリーの中に向かって、声をかけた。すっかり眠っていたおもちさんが、薄く目を開ける。微睡む黄金色の目に、僕は再度繰り返した。

「干物ヶ岡です。僕の出発点」

到着する頃には、とっぷり日が暮れていた。予定ではもう少し早く着くはずだったのだが、思ったより遅くなってしまった。

おもちさんのキャリーを地べたに置いて、扉を開ける。出てきたおもちさんが、辺りを見回すなり渋面を作った。

「着いてないですにゃ」

「すみません。正確には、ここから二十分歩きます」

降りたバス停はまだ、山道の途中だった。干物ヶ岡までの道は車道が細く、大きな車体は通れないのである。故に、人里からいちばん近いバス停が、徒歩二十分離れたこの場所になってしまうのだ。

「キャリーに入ってるのと自分で歩くのと、どっちがいいですか？」

「歩くですにゃ。そろそろ体がコチコチに固まってしんどいですにゃ」

「ご機嫌斜めですね。でもほら、星がきれいですよ」

僕が上空を指さすと、おもちさんはキャリーからはよく見えなかったであろう星空を見上げた。

高い建物がない空は、突き抜けるように高くて、細かい星までたくさん見える。黒い画用紙に吹き付けたような銀河だ。おもちさんのガラス玉のような瞳に、星の粒がきらきら反射していた。

おもちさんは丸っこい体を極限まで伸ばして、移動で固まった体を解《ほぐ》した。そしてちらりと、僕を見上げる。

「……早く村へ行くですにゃ」

僕はその頭をひと撫でしてから、キャリーを抱えて、歩き出した。

「こっちです」

干物ヶ岡の人里へ行くには、ぐにゃぐにゃ延びる山道をかなり歩かなくてはならない。とはいえ道はそれなりに舗装されており、一本道なので迷う心配はない。

村に着いたら、お昼に予約した民宿に直行する。そこで一泊して、明日はおもちさんと一緒に当てもなく探訪し、夜までにかつぶし町に戻っておもちさんを交番に帰す流れだ。

丸太の階段で始まる、細い山道へと入っていく。道の左右には杭に繋がれたロープが張られ、歩む者を導いている。大人ひとりが歩けるくらいの、狭い道だ。正面から人が来たら、すれ違うにはかなり隅っこに寄らないといけない。じめじめと湿った落ち葉が絨毯のように広がっていて、足を滑らせそうになる。

「暗いですね。この辺、クマやイノシシが出るんですよ」

「にゃんと。夜に山道を歩くのは危険ですにゃ」

「大丈夫、大丈夫。すぐに村に着きますから」

僕は悠長に笑い、そのあとで、柴崎さんから「楽天的すぎる」と評価されたことを思い出した。多分、こういうところを指摘されているのだろう。

「山道はもちろん、人里にも出るんですよ。そういえば、おじいちゃんの家の庭にサルが来てたこともありました」

「怖い生き物が出てきたら、小槇くん、吾輩を抱っこして走って逃げるのですにゃ」

「はは、そうですね」

この山道を歩くのは、何年ぶりだろうか。たしか、僕が小学五年生の頃、祖父は住んでいた家を売って別の地に引っ越した。となると、少なくとももう十四、五年はご無沙汰していたわけだ。暗くてよく見えないが、多分、なにも変わっていない。当時もこんなふうに、落ち葉だらけの細い小道だった。

幼い頃の僕は、この道が好きだった。遠足のハイキングコースみたいで、非日常を感じてわくわくしていたのだ。「時空が歪んでいる」なんていう子供だましな言い伝えがあったけれど、恐ろしさより楽しさが上回っていた。大人になった今では、急な斜面がしんどいとか、危ないとか、そういうことに気が回ってしまう。無邪気だった頃が懐かしい。

おもちさんは、僕より少し先をすたすた歩いている。

「早く宿に向かうですにゃ。干物ヶ岡って、山菜のお蕎麦がおいしいんですよ。猫が食べられるものも、なにかあるかなあ……」

「そうですねえ。吾輩はお腹が空いているですにゃ」

なんて、のんびり考えているときだった。道の先から、トトトトッと走ってくる影がある。暗闇の中だが、間違いない。僕の腰くらいの大きさのなにかが、こちらに向かってくる。野生の動物か。僕はおもちさんを抱き上げようと身構えたが、近づいてくるにつれて、その影の正体に気づいた。

「あっ、猫ちゃんだー！」

それはなんてことない、小さな子供だった。

暗くて詳細には見えないが、サイズや声の雰囲気から察するに、小学校に上がるか上がらないかくらいの、幼い男の子と思われる。

「なんだ、よかった」

ほっと胸を撫で下ろしたのも束の間、僕は我に返った。

「いや、よくないよ！　君、こんなに暗い中ひとりでなにしてるの!?」

それこそ野生動物が出るかもしれないし、足を滑らせて斜面に落ちてしまうかもしれない。しかし心配する僕のことなど見もせずに、男の子はおもちさんに一直線だった。

「猫ちゃーん、ナデナデさせて！」

だが気がついたら、僕の足元にいたはずのおもちさんは忽然と姿を消していた。

「あれ？　おもちさん？」

辺りを見回して、ハッとなる。おもちさんはいつの間にやら、脇のロープを潜り、山道を逸れて林の中へ滑り込んでいたのだ。

「シャーッ！　こっち来るにゃー！」

おもちさんの絶叫が遠のいていく。そうだ、おもちさんは小さな子供が苦手なのだった。

「おもちさん、大丈夫ですよ！」

そんな僕の呼び掛けはとうに届かず、それどころか男の子も、負けじとおもちさんを追いかけた。

「あれっ、今、猫ちゃん喋った？　待ってー！」

「ちょっとちょっと、ふたりともどこへ行くの⁉」

僕は荷物を抱え、おもちさんと男の子を追いかけた。ロープを跨いで越えて、林の獣道へと飛び込む。

「おもちさん、待ってください！」

男の子はおもちさんを追いかけているのだ。おもちさんさえ止まってくれれば、ふたりとも回収できる。だというのに、おもちさんは余程驚いたのか、パニックで聞いてくれない。しかも猫の全速力だ。かなり素早くて、すぐに見失ってしまった。

男の子の方は、幼稚園児くらいの幼なさだ。足は速くないはず。そう思ったのに、子供というのは全く見当のつかない動きをするもので、なかなか捕まえられない。さらに濡れた落ち葉に足を取られ、何度も躓く。

そのうちどんどん森の奥深くに誘い込まれ、やがておもちさんも男の子も、どちらも暗闇に見失った。もうどこへ消えたかさっぱり分からない。耳を澄ましても、フクロウの声が聞こえるだけでおもちさんの悲鳴も男の子の歓声も聞こえない。

「最悪だ」

こんな暗い山の中、子供がひとりでいなくなってしまった。おもちさんもだ。おもちさんがこのまま帰ってこなかったらどうしよう。おもちさんは僕の飼い猫ではない。飼い猫ならいいというわけではないが、あの猫は交番の猫だ。町の人たちからも愛されている。それをこんな遠いところで迷子にさせてしまったとなれば、僕は最低最悪の人間だ。

なんとしてでも見つけ出さなくてはならない。

僕は自分の頬をぴしゃっと叩いて、荷物の中から携帯を取り出した。子供がいなくなっているのだ、地元の警察に連絡を取ろう。しかし取り出した携帯の画面右上には、「圏外」の二文字。僕はがくっと項垂れて、携帯は鞄の奥にしまいこんだ。

噴き出る冷や汗を拭い、気持ちを切り替える。

むやみに捜すのはやめて、村へ向かうべきだ。そしてそこの駐在所を訪ね、捜索を要請する。子供の頃にお世話になった村だから、駐在所への道ははっきり記憶している。

焦りを抑え、後ろを振り向く。元の山道に戻ろうとして、僕は上げかけた足を止めた。それまで歩いてきた道が、さっぱり分からない。ロープで仕切られた山道は全く見当たらない。どこからどういう経路でここまで来たのかも分からない。つまり、僕自身も迷子だったのだ。

暗闇の山林の中に取り残された僕は、思考が固まった。

「うわ……どうしよう」

僕はなんて間抜けなのだろう。おもちさんも幼い男の子も山の中で迷子にさせ、挙句自分まで迷った。心臓の音がうるさくて、思考が掻き乱されていく。こうなったら闇雲にでも捜しておもちさんと男の子を見つけ出すか、元の道を捜すしかないか。いや、夜の山の中を無闇に歩いては危険ではないか。どうするのが正解なのか。

考えれば考えるほど、決断できない愚かな自分が露呈していく。

僕は鈍感で、楽天的すぎて、仕事は遅く、危なっかしい。春川くんのように前向きではないし、柴崎さんのように冷静でもない。そんな自分を受け入れられなくてメソメソするし、笹倉さんに気を遣わせてしまう。

そうだ、僕は嫌がっているおもちさんを、無理に交番から連れ出した。干物ヶ岡に行くにしても、自分だけで訪れればこんなことにはならなかったのだ。

やっぱり僕は、警察官になんて向いていなかった。僕なんかがなるんじゃなかった。なってはいけなかった。

僕は膝から崩れ落ちて、腰からがくりと俯いた。荷物も空っぽのペットキャリーも、全て地面に放り出した。泣きそうだ。泣いたって仕方ないのに、こんなことをしている暇があったら一秒でも早く役に立つ行動を取るべきなのに、一歩も動けない。そんなだめな自分が、悔しくてたまらない。

僕の思考回路はすっかり膠着していた。次の行動がひとつも思い浮かばない。なにをしたらいいか考える機能そのものが、停止してしまったみたいだった。涙は出そうで出ない。ただ、ベチャベチャの泥まみれの落ち葉を睨んでいるしかできない。

そこへ、僕の鼓膜に微かな振動が伝わってきた。

その瞬間、僕は急にスイッチが入ったみたいに体が動いた。立つことすらできなかった脚が、反射的に伸びる。耳が僅かな音を拾い、その音の方向を探る。

多分、人の声だ。風の音や鳥の鳴き声ではない。なんと言っているのかは分からないけれど、大声で叫ぶ人間の声である。

僕は荷物を全て放ったまま、走り出した。声のする方へ、ただただ夢中で走った。野生動物に出くわすかもしれないとか、転んで斜面を転げ落ちるかもしれないとか、そういう不安はなかった。それよりも、この声の方へ、僕を呼んでいるらしき声の方へ、行かなければならなかった。

夢中で走り続けると、声は徐々に近づいてきた。

「助けて……」

がなり疲れてしまったのだろう、声はだいぶ掠れている。そして諦めてしまったのか、叫ぶのをやめてしまった。僕は息を切らしながらも、大声を出した。

「どこ!?」

それに反応して、子供の声が跳ね返ってくる。

「た、助けて」

近くにいる。僕は足を止めて、辺りを確認した。周りはこれまで以上に樹木が蔓延っている。鬱蒼とした木々は深い影を生み、根を這わせ、ただでさえ道のない足元をさらに悪化させていた。

「どこにいるの!?」

もう一度叫ぶ。

「ここ」

震える声が返ってくる。

僕は樹木の根を踏みしめ、上がる呼吸を繰り返し、声のする方を覗き込んだ。

そして、ひとつため息をついた。見つけた。暗闇の中にぽつんと浮かぶ、白い丸いものが見える。そしてその横には、小さな子供らしき影が、蹲っている。白いのはおもちさんだ。毛皮の色が明るいおかげで、暗闇の中でも目立ちやすい。一緒にいるのは、追いかけていた男の子で間違いないだろう。

しかし、その場所が問題だった。おもちさんと男の子がいたのは、斜面が崩れてできた三メートルほどの崖の下だったのだ。ここから落ちたとしたら、怪我をしていると思われる。

どこかから下りられる場所はないか、僕は周囲を調べた。携帯の灯りで周囲を照らしてよく見てみると、岩肌がところどころ飛び出している箇所を見つけた。足場になりそうな岩の位置を確認する。どこからどこへ足を運び、どこで飛び移ればいちばん安全か、慎重に見定める。といっても自然の岩であって人工的に足場として用意されたものではないから危ないことには変わりないが、飛び降りるよりはましだろう。僕はそろりと、最初の岩に足を踏み出した。

苔で滑る岩をゆっくりと下る。時々踏み外して転げ落ちそうになったが、張っていた木の根にしがみついて持ちこたえた。岩肌に腕や顔を擦り、肌が切れた感じがした。顔から滴り落ちるのが、汗なのか血なのか分からない。

心臓はドクドクと早鐘を打っているが、歩みを止めようとは微塵も思わなかった。

やがて、崖の下へと降り立った。膝がガクガク笑っている。僕は乱れた浅い呼吸を繰り返し、よたよたした足取りで、おもちさんと男の子の元へ歩み寄った。

やはり暗くて、顔は見えない。だけれど、しゃくり上げる音と短い嗚咽で、酷く泣き崩れているのは分かった。

僕は泥だらけの手を、そっと男の子の頭に置いた。

「もう大丈夫だよ」

このときばかりは、暗くてよかったと思った。今の僕は泥と汗に汚れて、みっともない傷までついていて、こんな情けない姿を見せたらこの子をがっかりさせてしまうところだっただろう。

僕は彼の頭をぽんぽんと撫でて、乱れた呼吸の間で問うた。

「痛いところはない？」

「足、痛い」

「歩ける？」

「痛い」

男の子がひくひく喉を鳴らしながら答える。僕はちらりと、おもちさんにも目をやった。

「おもちさんは？」

「吾輩が怪我などするはずないですにゃ」

こちらは大丈夫そうだ。僕はひとつ深呼吸をして、男の子に背を向けてしゃがむ。

「よし。じゃ、帰ろうね。乗って」

「……うん」

僕の背中に、男の子の体重が覆い被さる。全身がズキンと痛んだが、根性で立ち上がった。おもちさんがぴょんぴょんと岩を上っていく。僕もよろよろと、崖の上を目指した。男の子を背負っているので下りよりふらつく上、両手が封じられている。ここで落ちたら、僕も男の子もどうなることやらである。

ガクガクする脚を奮い立たせて、岩を上りきる。無事に上がってこられたが、これだけですでに息が上がった。

さて、ここからどうやって元の道に戻ろうか。この子を見つけたまではいいが、道に迷っている事実は変わらない。奥歯を噛んでいると、すたすたと歩いていくおもちさんが視界を横切った。おもちさんは数メートル先で立ち止まり、困惑する僕を振り向く。

「なにをしているのですにゃ。早く行くのですにゃ。吾輩、お腹が空いて仕方ないのですにゃ」

「もしかして、道、分かるんですか？」

「吾輩はそういう猫ですからにゃ」

おもちさんはそれだけ言って、再び歩き出した。「そういう猫」という、ふわっとしたニュアンスのその言葉が、今はやけに安心を誘う。僕は男の子を背負い直して、おもちさんを追いかけた。

濡れた落ち葉の森を、ざふざふと歩き続ける。途中で自分が置き去りにした荷物を見かけたが、今は放置して先を急いだ。体じゅうが痛い。息をするだけでも苦しい。

そんな情けない僕に、背中から声が降ってきた。

「おにいさん、ありがと」

「いや、君が無事でよかったよ」

会話をしていると、ちょっと気が紛れる。

「そういえばまだ名前を訊いてなかった。君、お名前は？」

「僕、ゆうすけ」

「えっ、ゆうすけくんっていうの!?」

僕は思わず大声を上げた。

「びっくりした。僕も同じ名前。悠介っていうんだよ」

「そうなの？　すごい！　奇跡だね」

「本当だね」

ははは、と笑う余裕が生まれた。男の子がくたっと僕に寄り添ってくる。

「おにいさん、僕、重いでしょ。大丈夫？」

「ありがと。大丈夫だよ、こう見えても鍛えてるんだ」

「鍛えてる？」

「うん、僕は警察官だから」

警察官として鍛えているつもりだったが、本当はそれでも全身が悲鳴を上げている。ゆうすけくんはうーんと唸っている。

「けーさつかん？」

「おまわりさんだよ。そうだなあ、村の駐在さんに聞いてごらん」

「ちゅーざいさん。おにいさんは、ちゅーざいさんなの？」

なにやら混同してしまったようだが、僕は訂正せず頷いた。

「うん、それでいいかな」

「ふーん。ちゅーざいさんのおにいさんは、正義のヒーロー？」

「えー、まさか」

これには苦笑するしかなかった。おもちさんとゆうすけくんがいなくなって、膝が震えて動けなくなってしまった僕なんかが、正義のヒーローなわけがない。しかしゆうすけくんは、無邪気に僕の肩にぎゅっとしがみついた。

「ううん、ヒーローだよ！　だってピンチのときに助けにきてくれるのは、ヒーローだから」

胸がじんと、熱くなった。

僕なんて警察官として半人前で、できないことだらけで、そんな自分を嫌いになる、人間としても未熟な奴だ。そんな僕に、こんなふうに言ってくれる人が、ひとりでもいてくれる。単純な僕は、これだけで心がぶわっと満たされた。

ゆうすけくんがえへへと笑う。

「僕、おっきくなったらおにいさんみたいになる」

「……ありがと」

ぽとりと、地面に雫が落ちた。ああ、さっきは泣きそうだと思っても泣かなかったのに、今、涙が零れるか。

僕は少し早歩きで、おもちさんを追いかけた。


「おはようございまーす！」

干物ヶ岡から帰ってきた翌日。当直の朝、僕は敬礼しながら交番に出勤した。夜勤明けの柴崎さんが、床にしゃがんでいる。おもちさんに朝ごはんを出している最中だった。

「元気ですね」

「はい！　小槇、完全復活しました！」

身も心も軽くなった機嫌のいい僕に、柴崎さんが涼やかな視線を突き刺す。

「笹倉さんのおっしゃっていたリフレッシュ法が功を奏したんですね」

「えへへ、そうなんですよ。やっぱり場所を変え、体の中の空気を入れ替えると、気持ちも切り替わりますね。ああ、そうだ！　これお土産です、採れたての山菜。おもちさんをここに戻しにきたときにお渡ししそびれちゃって」

「本当に元気ですね。よく喋る」

柴崎さんは、おもちさんの背中を撫でて小さく息をついた。

「そんなに怪我して、一体どれだけはしゃいだんですか」

怪我と聞いて、僕は頬の絆創膏に触れた。ここだけではなく、腕にもかすり傷、脚には打撲が四箇所ある。

呆れ顔の柴崎さんを横目に、僕は一昨日の夜を思い浮かべた。

あのあと、僕はおもちさんの案内で山道に戻った。道中、ゆうすけくんは僕の背中で眠ってしまった。たくさん走って怖い目にも遭って、疲れてしまったのだろう。村まで辿り着いて、ゆうすけくんを駐在所に送り届けようとしたら、その前にちょうど彼を捜していた駐在さんと出会い、引き渡すことができた。

どうやらゆうすけくんは、明るいうちから山の中へ遊びに行って帰ってきておらず、駐在さんもゆうすけくんの家族もずっと捜していたのだという。

村は田んぼだらけで街灯はなく真っ暗で、とうとう僕は、ゆうすけくんの顔をちゃんと見ることなくお別れした。どんな子なのか目を見て話したかったが、あのときの僕は全身ぼろぼろだし泣いた跡まである。こちらの情けない顔を見られずに済んでよかったとも思う。

「あのですね、柴崎さん」

お土産の山菜の瓶を、彼女のデスクに置いた。

「僕、子供の頃に憧れていた警察官という職業には就けたのに、憧れていたような、理想の警察官にはなれてないんです。自分のなりたい警察官像に近づいていける気がしない。情けない弱音を吐いて、笹倉さんに気を遣わせて、みっともなかったですよね。警察官には、向いてないと思います」

やはり僕は、自分で自分の不甲斐なさを呪ってしまう。

「でもこの先もずっと、こんな自分のまま成長しないのは嫌だなって思いました。誰かに背中を追いかけてもらえるような、そんな警察官になりたい」

そう言った僕に、むにゃむにゃと力の抜けた声が返事をした。

「今更ですにゃ」

朝ごはんのかつお節入りカリカリを噛むおもちさんである。

「ゆうすけくんの言葉をお忘れですかにゃ？　あの子、小槇くんみたいになりたいって言ってたですにゃ」

「そうでしたね。あの子はまだ小さいから、これから夢が変わるかもしれないけど……嬉しかったなあ」

「うんにゃ。あの子は絶対、おまわりさんになるですにゃ」

白い毛には少しだけ、まだ泥が染み付いている。僕はおもちさんの横にしゃがんで、三角の耳にこそっと耳打ちをした。

「ご迷惑をおかけしたお詫びで、今日は特別に、おやつ三種盛りにしましょうか」

「小槇くんのそういうとこ、好きですにゃ」

おもちさんはニヤリと、白い牙を覗かせて目を細めた。

おまわりさんと招き猫

午前十時、交番の引き戸の向こうに、晴れた空が見える。どこからともなくほんのり漂う、潮風の匂い。石油ストーブの上で、ヤカンがシュンシュンと白い湯気を噴いている。

「パトロール行ってきます！」

出かけようとして敬礼する僕に、返事をするのは。

「うにゃ、小槙くん」

眠くなるような、のんびりまったりした声。

「出かけるならついでに、吾輩におやつを買ってきてほしいですにゃ」

おもちさんはいかにも猫らしく、ストーブの前でゴロゴロしていた。

「あのねえ、おもちさん……いつも言ってますけど、僕は遊びに行くんじゃないんですよ。お仕事です、お仕事」

おもちさんの額をぐりぐり撫でる。ストーブに温められて、ふかふかな冬毛がいつも以上にぬくもっている。おもちさんはしばし僕に額を撫でさせ、やがていつぞやと同じく注文をつけた。

「ナデナデなら顎の下をお願いしますにゃ」

「あ、はい」

おもちさんの顎を撫でて、僕は何気なく問うた。

「ねえおもちさん。おもちさんを撫でると、願いが叶うんですよね？」

「そんな話もありましたにゃあ」

自分にまつわる言い伝えなのに、おもちさんは他人事みたいに返してきた。僕はおもちさんのふかふかな毛の中に、指の先をうずめる。

「僕、結構おもちさんのこと撫でてるんですけど、全然生活に変化がありません。あれ、やっぱりただの噂に過ぎないんですか？」

むすっとむくれる僕に、おもちさんはちらりと黄金色の目を上げた。

「ふむ。して、小槙くんのお願い事とはなんですかにゃ？」

「僕の願い事ですか？　ええと……」

質問に質問で返され、僕は虚空を仰いだ。僕の願い事……か。

そんな僕らのやりとりを、笹倉さんが見ている。

「小槙とおもちさんは見てて飽きないなあ。俺、小槙みたいに素直な奴、すげえいいと思う」

「なんですかそれ」

「俺がガキだったら、お前みたいな大人、絶対好きだった。大人ぶってなくて、素直で、等身大でさ。逆に俺みたいな捻くれた大人は嫌いだったな」

「あはは、そうですか？　僕は笹倉さんみたいな方、大人の余裕があっていいなって思いますよ」

笹倉さんは今日も変わらず、僕をからかう。お返しした僕に、彼は笑って手をひらひらさせた。

「いや本当、本当。柴崎もお前くらいのほほんとしてくれたらいいんだが」

「柴崎さんはちょっと固いとこありますけど、そこも含めて尊敬してます」

それに、少しずつだけれど、柴崎さんも柔らかい表情を見せるようになってきた。殆どがおもちさんを含む猫に対しての顔だが。

「バリバリ仕事ができるとこ、すごく恰好いいですよね」

「そうだな。小槙は柴崎のそういうところを見習え」

「もう、なんなんですか！」

笹倉さんはやっぱり、僕をからかっている。

そんなやり取りをしたあと、笹倉さんが退勤し、僕は自転車でパトロールに出かけた。

今日もカゴの中に、おもちさんが乗っている。寒い寒いとストーブの前にいたくせに、出かける直前になって急に気が変わったみたいだ。カゴの中のおもちさんは、十二月の冷たい風に顔を顰めて、耳をぴくっと震わせていた。

惣菜屋さんの前で自転車を降りて、今日の惣菜のラインナップを覗く。そんな僕の背中に、ドンッと衝撃が走った。

「ドーン！　小槇さん、おはよう」

「春川くん……びっくりするから！」

春川くんの挨拶は、変わらずこれである。

「へへ、ごめんごめん。小槇さんって、なんかいたずらしたくなるんだもん」

笑う春川くんの頬は、寒さで赤らんでいる。僕は私服のダッフルコートを羽織った彼を見て、あれっと呟いた。

「学校、お休み？」

「今日から冬休み！」

元気なピースサインを向けられて、僕はぽんと手を叩いた。

「そんな時期か！」

「そうだ小槇さん、うちの軽音部、奇跡的に廃部を免れたって話したっけ」

「なにそれ、聞いてないよ」

僕はつい、勢いよく食いついた。春川くんの軽音部はリオちゃんを逃がし、とうとう新一年生がひとりも入らなかったと聞いている。春川くんも腹を括ったようだったのだが。春川くんはニヤアと嬉しそうに口角を上げた。

「どうせ廃部になると思ってたから、いろいろ開き直って『うちの猫が毎日かわいい』みたいな曲作って文化祭で披露したら、大ウケしてさ。他の部に流れてた生徒の心を掴めたんだ。転部してきた奴がひとりと、他と兼部がふたり」

「よかったね、おめでとう」

彼が守りたかった軽音部は、無事に存続を約束されたのだ。春川くんはにーっと笑って、カゴの中のおもちさんの額を撫でた。

「やっぱり、おもちさん撫でたから願いが叶ったんだよ。すっげーよな。おもちさん、ありがとう」

「むう。春川くん、手が悴《かじか》んでて冷たいですにゃあ」

撫でられながらも、おもちさんが耳を震わせる。

言われて思い出したが、そういえば春川くんはおもちさんで願掛けしていたのだった。彼の願いが叶ったのはおもちさんの力なのか、春川くん自身が頑張ったからなのかは、僕には知る由もないが。

ふと、僕は惣菜屋さんの脇で見た黒猫を思い出した。

「猫の歌ってことは、おのりちゃんの歌か」

「うん、そのとおり」

オリジナルソングを作ってもらえるほどかわいがられて、おのりちゃんは幸せ者である。

春川くんが面映ゆげに頭を掻く。

「小槇さん、あのとき相談に乗ってくれてありがとう」

「どうしたの、改まって」

面食らう僕に、春川くんは照れ笑いした。

「いやあ、なんか小槇さん、なんにも解決してくれなかったけどさ。気持ちを言葉にしたら整理がついて、考えがまとまったんだ。小槇さんが俺の相談に乗ってくれたから、今があるんだなって。俺、小槇さんみたいな、ちょっと抜けてて頼りにならないかもだけど話しやすい、そんなちょうどいい人になりたいな」

「なにそれ、褒めてる？」

「多分」

春川くんは冗談ぽく締めて、自転車のカゴの中のおもちさんを撫でた。

「じゃ、俺これから田嶋の家で新曲の打ち合わせ、アンド宿題対策会議だから行ってくるね」

「行ってらっしゃい。気をつけてね」

春川くんを見送って、僕はまた、自転車に跨った。商店街を突っ切って、神社で折り返して、住宅街と川を回る。今日も平和だ。

土手で自転車を降りて、のんびりと川面を眺める。浅く流れる水面に、真冬の空が反射している。ひんやりした風が冬を運ぶ。自転車のカゴの中から、おもちさんが急に声を上げた。

「小槇くん、抱っこ」

「え、重いから嫌ですよ」

「寒いから抱っこしてほしいですにゃ」

「もう、甘えるならダイエットしてくださいよ」

僕は渋々、おもちさんを抱き上げる。片手で自転車を引くのはふらついて苦手だが、肩にのしかかるおもちさんの体温は心地いい。おもちさんが耳元でむにゃむにゃと眠そうな声で尋ねてきた。

「それで、小槇くん。君の願い事は、なんでしたかにゃ？」

交番を出る前のやりとりが、今になって戻ってきた。

「うーん、ひとつに絞れないんですけど……」

白い吐息が、すうっと空気に溶けて消える。僕は冬の澄んだ青空を見上げた。麗《うらら》かな日の光に、目を細める。

成長したい、というのがまずひとつ。僕は警察官に向いていないかもしれないけれど、向いていないなりに、理想の自分に近づきたい。でも、これは不思議な力とかには頼らずに、自分で自分を好きになりたい。

それと、子供の頃の夢。過去の自分に誇れるような、誰かに背中を追いかけてもらえるような、そんな警察官になりたい。これも僕次第だから、わざわざおもちさんに言うのはやめた。

あとはこの町が平和で、皆が幸せだったら、それでいいなと思う。

「そうだなあ、強いて言えば、これからもこんな日々ができるだけ長く続いてほしいですね」

のんびりと答えて、おもちさんの背中を撫でる。

「ふむ、小槇くん……」

おもちさんは僕の肩に顎を乗せ、ぽそっと言った。

「おやつ、たくさんくれたら吾輩が叶えてやってもいいですにゃ」

「その交渉をするために言わせたんですか？」

気色ばむ僕をちらっと窺って、おもちさんはにゃふっと笑った。

「もっともっと吾輩を甘やかすのですにゃ、小槇くん。だって吾輩は、ありがたーい招き猫なのですにゃ」

「それ、決めたの僕ですよね」

温かい体をぎゅっと抱き寄せると、おもちさんは喉を鳴らしてそのまま眠ってしまった。
やっぱり、どこまでもマイペースな奴だ。猫だから仕方ないか。

End

番外編・土地神様と油揚げ

真冬の風が枯れ木を揺らす音がする。北風に吹かれた黄色い木の葉が、あたしの目の前を通り過ぎていく。落ち葉はひらひらと蝶のように、力なく舞う。あたしは神社の社の屋根に座って、真冬の空を見上げていた。

見下ろすと青い制服を着た警察官がひとり、賽銭箱の前で手を合わせていた。長い黒髪がきれいだし美人だけれど、化粧っ気のないおねえさんだ。鈴をカラカラ鳴らして、目を閉じている。

「……来年こそ、猫以外にも友達ができますように……」

この人は多分、パトロールの最中なのだけれど、ここに寄ったついでにお参りしたみたいだ。「来年こそ」という言葉を聞いて、あたしはああ、と口の中で呟いた。そういえば今日は、一年の最後の日。大晦日じゃないか。なるほど、パトロールついでの年末詣というわけね。

「猫以外の……できれば、人間の」

警察官のおねえさんが、ぶつぶつと続ける。

「とりあえず、小槇くんから……。その、話しやすい、から。単純だし」

神様の仕事はあくまで見守ることであって、願いを叶えてあげることではない。猫以外のお友達、できるといいね。

警察官のおねえさんが、よし、とひとりごとを言って踵を返す。

繰り返しになるけれど、神様が願いを叶えるわけではない。こうしてあの人自身が願望を口に出して、目標を立てたことに意味がある。あたしの仕事は、応援してあげるのみ。

あたしは彼女の背中を見送って、自分の尻尾を抱っこした。

「寒ーい……」

こうして尻尾を抱くと、ちょっとだけあったかい。こんな寒い日は、ついついぎゅっとしてしまう。

この神社――かつぶし神社は、いわゆる「氏神神社」と呼ばれるものだ。石段の向こうに広がる港に臨む下町、かつぶし町の守り神を祀っている。

何年前からそうなのかは、あたしにもよく分からない。気がついたらもう何百年も、この町を見守ってきていた。退屈なときは遊んでくれそうな人とお友達になったりもするけれど、あんまりやると町が大騒ぎになっちゃうようなので、数十年に一回くらいで勘弁してあげている。

今日はまさに、退屈で仕方ない日だった。日が昇ってから今まで、さっきのおねえさんしか来ていない。そして明日からしばらくは、初詣で大忙しになる見通しである。騒がしくなりそうなのは、ちょっと億劫だ。暇すぎるのも賑やかすぎるのも、どっちもどっちで疲れる。しかも、すごく寒い。

こんな日はちょっとだけ、お出かけしてもいいかな、なんて思う。あたしはぴょんと、社から飛び降りた。尻尾をひと振りすれば、思いのままに隠せる。尻尾さえなければ、あたしはどこにでもいる普通の女の子だ。

石畳を駆けると、下駄がカラコロ鳴る。あたしはこの小気味がよい音に合わせて即興で鼻歌を歌って、石段を駆け下りた。

商店街の手前で脇道に入って、海辺へやってきた。なんとなく覗いた漁協の建物の傍に、暇そうに歩いている少年たちがいる。

「冬休み明けに、学力テストあるじゃん。あれのテスト範囲書いてあるプリント、どっかいったわ」

「やべーじゃん。俺は宿題の一覧なくしたから、それ見せてくれたらテスト範囲教えてやらなくもないぞ」

もこもこに厚着した、四、五人の少年たち。年の頃は、十六、七くらい。この辺の高校に通っている子たちね。釣竿を肩に担いで、反対の手にはひと抱えもある道具箱を持っている。これから魚釣りに行くのだろうとすぐに分かる。

ふいに、集団のうちのひとりが立ち止まった。徐ろに仲間から離れて、白い息を吐きながら漁協の建物の方へと歩いていく。一緒にいた友人たちも、不思議そうに足を止める。

「山村？　どうしたー？」

「わりー、ちょっと先に行ってて」

ひとりの少年は漁協の脇に入っていき、そこにひっそりと佇む岩の前に立った。そして岩に向かって、手を合わせて小さく会釈する。

「大物が釣れますように」

そう祈って、それからさらに付け足す。

「そんで、今日も明日も明後日も……来年も、再来年も。毎日、楽しいといいな」

「山村ー！　なにしてんだよ！　テスト範囲、教えてやんねーぞ」

友人たちに呼ばれ、岩の前の少年は彼らの方へ駆け出した。

「ごめんごめん！　せっかちだな。ていうか、テスト範囲は宿題一覧と交換条件だっただろ！」

あたしはその一連の流れを、ちょっと離れた場所から眺めていた。漁協の隣の岩は、柔らかい日差しを受けて黒い肌をほんのり光らせている。

かつぶし神社とはまた違った形で、ここにも神様がいる。ここの神様には社はない。でも、漁師たちからすごく大事にされている。同業者ってわけじゃないし、ライバルでもないけれど、この愛され具合はちょっと羨ましかったりする。大事にされているからか、さっきの少年に声をかけてもらって嬉しかったからか知らないけれど、今日もこの岩はご機嫌だ。

「よかったねー」

あたしはひと言、それだけ言って、岩の元を立ち去った。

海辺から数分歩くと、住宅街に出た。海辺で見かけた少年たちより幼い子供たちが、家の前で縄跳びの練習をしている。あたしが前を通りかかると、縄跳びをしていた子供たちは手を止めて、物珍しそうにあたしを目で追った。

「見て、あの子、お着物着てる」

「かわいいね」

「私もね、初詣のときにお着物着るんだ」

「いいなあ！」

　どうやらあたしの服を褒めているみたい。まあ、あたしは数百年も前から流行の着物を着ているから、目を引いちゃうのも致し方なしね。

　そういえば、ちょっと前にお友達になった女の子も、縄跳びの子供たちと一緒くらいの年頃だった。ここを歩いていたら、また会えるかな。そんな期待をすると、自然と足が弾んだ。カラコロと、下駄が軽やかに歌う。

　と、そんなあたしの足元のリズムに乗ってきたみたいに、どこからともなく歌が聞こえてきた。あたしは立ち止まって、この音楽に耳を澄ました。間延びした声がのんびりと歌っている。

　縄跳びをしていた子供たちが、勢いよく背筋を伸ばした。

「焼き芋屋さんのトラックだ！」

「おやつ、買いに行こうよ」

　子供たちが縄跳びを置いて駆けていく。立ち止まっていたあたしも、この子供たちの背中を追いかけた。この不思議な歌の正体が気になる。

　子供たちのあとについていくと、白い車に出くわした。神社の外へ出ること自体滅多にないあたしは、これを思い出すまでに数秒時間がかかった。これは軽トラと呼ばれるものだ。ただこれは、あたしが見たことのある軽トラとはちょっと違って、背中に赤い横断幕のようなものを着て、窯と大量のサツマイモを背負っていた。漂ってくる白い煙は、ほっこりと甘い匂いがする。

歌っていたのはこの軽トラのようだ。先程の子供たちの他に、白髪交じりのおじさんがひとり、吸い寄せられてきている。

「おうおう、お前らも芋買いに来たのか？」

「あー！　誰かと思ったら、交番のおまわりさんだ！」

おじさんの元に、子供たちが集まっていく。おじさんは、ははははっと軽快に笑っていた。

「どれ、おまわりさんが焼き芋をご馳走してあげよう」

「やったあ！」

子供たちが飛び跳ねる。軽トラから運転手が降りてくると、おじさんはその運転手と話して、紙袋にいっぱいの焼き芋を受け取っていた。

「あっつい！　ほれ、火傷しないように気をつけろよ」

おじさんが焼き芋を子供たちに配る。子供たちはありがとうと言いながら、熱そうに芋を受け取っていた。

子供の手の中で、お芋がほかほかと湯気を立ち上らせている。銀色のホイルを巻かれたそれは、皮がちょっとだけ焦げていて、そしていい匂いがした。子供の小さな手がお芋をぱくっと半分に割ると、中から黄色いふわふわが顔を出した。ほわっと立ち上る湯気が、寒さで赤らんだ子供たちの頬を包む。

おいしそう。あたしは生唾を飲んだ。ほかほかでふわふわで、あったかそう。甘い匂いがする。

ぼうっと見つめていると、紙袋を持ったおじさんがこちらにやってきた。そして抱えた袋からひとつ、焼けたお芋を取る。

「はい、どうぞ」

「え」

あたしはびっくりして、両手で口を押さえた。おじさんはにこっと、あたしに笑いかける。

「なんだ、お前さんも焼き芋食べたくて来たんじゃねえのか？」

「え、ええと……」

よく分からなかったけれど、そのお芋は食べたい。あたしは手を伸ばして、お芋を受け取った。

「ありがとー」

「はいよ、どういたしまして」

お芋は想像以上に熱くて、もう一度びっくりした。

「ひゃっ！」

「お？　おうおう、気いつけな」

おじさんも釣られてびっくりして、それからくすくす笑った。

子供たちに倣《なら》って、あたしはお芋をぱくっと、半分に割ってみた。湯気があたしの顔を包むとともに、しっとりほかほかな黄金色が現れる。甘い匂いに誘われて、そっと齧りつく。火傷しそうなくらい熱いけれど、舌に触れた軟らかなお芋の優しい甘さにうっとりしてしまう。

「おいしい！」

「だろ」

隣を見ると、おじさんもお芋に舌鼓を打っていた。

窯とサツマイモを積んだトラックが、また歌いながらどこかへ走っていく。あたしはそれを見送って、もうひと口、お芋を頬張った。甘くてほくほくの熱が、口いっぱいに広がる。

やっぱり、たまにはこうして姿を晒して散歩してみるのもなかなか面白い。こんなおいしいものを食べられるのだから。

おじさんにお芋を買ってもらった子供たちは、おじさんにお礼を言いながら去っていった。おじさんはというと、さてとと息をつき、のんびり歩き出す。あたしも、意味もなくおじさんについていった。おじさんはちらっとあたしを見ただけで、特になにも言わずに一緒に歩いていた。

住宅街から坂道を登って、かつぶし川の土手に出る。昼下がりの空の下、水嵩の少ない川がきらきら、輝きながら流れている。

おじさんはお芋に息を吹きかけて、ゆっくり歩いていた。

「おじさん、どこに向かってるのー？」

あたしが訊くと、おじさんはお芋をひと口齧って答えた。

「目的地は決めていない、ただの散歩だよ」

「そうなんだ。あたしと同じだねー」

「お嬢ちゃんも散歩か。まあ、大晦日って案外、暇だよなあ。交番勤務は祝日関係なく仕事があるから、帰省するわけでもないし」

おじさんは真冬の空を仰いで、ふうとため息をついた。あたしはおじさんの横顔を見上げ、ふうんと鼻を鳴らす。

「お仕事お仕事って、大人って大変ねー。これだから大人、面白くない。大人、あんまり好きじゃないー」

「ん？　そうなんだ」

おじさんは目をぱちくりさせていた。

大人というものは、退屈な生き物である。あたしがお友達を作って遊んでいると、大騒ぎしてお友達を奪い返しに来る。

おじさんはお芋のホイルをぴりぴりと捲った。

「そっかあ、大人が好きじゃないか。分からないこともない。大人って、窮屈でつまんねえよな」

彼はゆっくりとそう言って、お芋にはふっとかぶりつき、熱そうにもぐもぐして、飲み込んだ。

「でもな、大人って案外、子供とそんなに変わらんぞ？　社会の一部としてちゃんとしなきゃって思ってるだけで、子供とおんなじように楽しいことが好きだし、自由にやりたい放題したいさ」

「そうなのー？」

あたしはおじさんを見上げて、首を傾げた。

「大人って、成長しすぎてるだけで、子供なんだね」

「そうだよ。知らんけど」

無責任な語尾で言って、おじさんはまた、お芋を齧った。

「大人げのある大人こそ、自分の未熟さもバカさもしょうもなさも受け止めて、自分の器に見合った生き方を選ぶんだよ。見栄なんか張ってると、他人に優しくする余裕までなくなっちゃうだろ？」

「ふうん」

「っていうのは、上司の受け売り。おじさんが若かった頃に、そう教えてくれた人がいたもんでね」

おじさんは懐かしそうに目を細めた。

「うーん、俺もそんな粋なおじさんでありたいねえ」

彼の横顔を見上げて、あたしはまた、お芋を口元に運ぶ。

「大人はあんまし好きじゃないけど、でも、おじさんのことはちょっと好きかもー」

「お、そう？　てことはおじさん、つまんなくない大人？」

おじさんは目線だけこちらに下ろした。あたしはふうと、お芋に息を吹きかける。

「えっとねえ、おいしいものくれたから、ちょっと好き」

「ははは、焼き芋か。現金なお嬢ちゃんだ」

おじさんが笑うと、薄く白い息が冬空に上った。

おじさんは、お芋の残っている紙袋を抱え直した。

「さっきは目的地はないと言ったが、変更だ。焼き芋をたくさん買ったからな、交番に差し入れに行こう。この時間なら、柴崎がパトロールから帰ってきてる頃だ。小槙も揃ってる」

「こーばん」

「お嬢ちゃんも来るか？」

おじさんはあたしの方を見て、苦笑した。

「ただし、一緒に来るなら、それはどうにかしてほしいがな」

「ん？　あれ？」

あたしは顔だけ動かし、自分の背中の方に目をやった。隠したはずの尻尾が、いつの間にか飛び出している。

「あれえ？　いつから出てた？」

「焼き芋持ったときかな。熱くて驚いたときに、ぽんっと出てきてたぞ」

おじさんはあっさりと答えた。ニンゲンの大人の癖に、あたしの尻尾を見ても驚かないとは。やっぱりあたし、このおじさんのことは結構好きかもしれない。


この町を守っているのは、実はあたしや海辺の岩以外にもいる。かつぶし町の端っこの方、かつぶし交番。ここにいるおまわりさんも、この町を見守っている。あたしたちからすれば、おまわりさんもこの町で暮らす同じニンゲンなのだが、このおまわりさんというニンゲンはニンゲン同士の目線で、ニンゲンを守っている。今一緒にいるこの焼き芋おじさんも、ここのおまわりさんのひとりだ。

その焼き芋おじさんが、交番の建て付けの悪そうな引き戸を開ける。

「よう、お疲れい。あ？　柴崎まだ戻ってねえのか！」

「笹倉さん！　お休みの日にどうしたんですか？　忘れ物？」

引き戸の向こうから、聞き覚えのあるおにいさんの声がする。あたしはおじさんの後ろから、こそっと中を覗いていた。

中に見えたのは、温かそうなストーブに当たっているおまわりさんのおにいさんと、そのお友達の丸っこい猫だった。どっちも、あたしのお友達だ。おまわりさんとは追いかけっこで遊んだし、猫ちゃんは抱っこさせてもらった。

「わあ、焼き芋ですか？　おいしそう！」

「おお、差し入れだよ。冷めないうちに食え」

「ありがとうございます！　ほら見ておもちさん、お芋ですよ」

おまわりさんは、入ってきたおじさんに……というか、おじさんが持ってきた焼き芋に夢中で、あたしには気づいていない。このおにいさんはどうも天然というか鈍感というか、ぽやぽやしている。

でも、彼が抱えている猫ちゃんは、金色の瞳でじっと、あたしを見ていた。あたしは猫ちゃんに向かって、ひらひらと手を振ってみせた。

この町を守っているのは、あたしや海辺の岩、さらにはおまわりさん以外にも、まだいる。あの猫ちゃんは、なんというか、そういう猫だ。

そういう猫というのがどういう猫なのか、詳しくは訊かないでほしい。あたしも上手く説明できない。

猫ちゃんはあたしがここにいるのを見て、ちょっとうんざりした顔をしている。うんうん、神社に戻りなさいって顔ね。猫ちゃんは自由気ままでのんびり屋だけれど、意外と敏感だったりもする。そういうところは、おまわりさんのおにいさんより厳しいかもしれない。

願い事を叶えるのは、神様の仕事じゃない。あの猫ちゃんの仕事というわけでも、多分ない。でもあたしもあの子も、この町の人たちの願い、祈り、目指す未来を、毎日のように聞いている。

友達になりたい、毎日を楽しく過ごしたい、素敵な大人でありたい。

成長して自分を好きになりたい、誰かに背中を追いかけてもらえるような立派な自分になりたい、この町が平和で、幸せであってほしい——。

そしてあたしもあの猫ちゃんも、気づいてる。あたしたちに願わなくっても、そんなのとっくに叶ってるって。

周りをよく見たら彼女の友達になりたい人はいるし、愛される性格の明るい彼はこれからも毎日楽しいし、素敵な大人だと感じてあの人に憧れる人もいる。

彼はちゃんと成長しているし、「あなたのようになりたい」と追いかける人もいる。そしてそんな彼らがいてくれるこの町は、これまでもこの先も、いつまでも平穏で、優しい時間が流れている。

でも、そういう身近な幸せは自分で気づくべきもの。あたしも猫ちゃんも、余計なことは言わない。ただ、この町の人たちの願う毎日を、それぞれの日常を、のんびり見届けるだけ。そんなこの町が、大好きなだけ。


猫ちゃんを片腕で抱っこして、おまわりさんが焼き芋を頬張る。おいしいですねと目尻を下げる彼に、おじさんの方のおまわりさんも満足げに頷いている。

抱っこされている猫ちゃんは、じとっとこちらを睨んで無言の圧を送ってくる。あたしもだんだん気が変わってきて、そろそろ神社に戻ってもいいかな、なんて思えてきた。おじさんがあたしを振り返る前に、カランコロンと歩き出す。

下駄の音に鼻歌を乗せて、商店街に向かっていく。西の空が眩しい。オレンジと青の斑の空に、薄べったい雲が張りついて、そして大きなまんまるの太陽が遠くへ沈もうとしている。

いつもは賑やかなこの商店街も、大晦日の今日はどこもお休みしていた。人どおりの殆どない静かな道に、あたしの下駄の音が響く。

商店街の店々が軒並みシャッターを下ろしている中、一軒だけ、明かりを灯しているお店があった。あたしはその開いているお店の方へ、下駄の先を向けた。ここは町で人気のお惣菜のお店だ。おじさんに貰ったお芋を食べたばかりだけれど、それはそれ、これはこれ。

店先には、エプロンをかけた少年が立っている。茶色の髪を跳ねさせたこの子のことは、あたしも知っている。このお店の看板息子である。

あたしは背伸びして、カウンターに手を乗せた。

「こんにちは。お惣菜、ください！」

カウンターの内側の少年が、あたしに気づく。

「お客さん？　あちゃー、今日は配達の年越し蕎麦とおせちの仕込みあるから、店は早仕舞いなんだよ。もうお惣菜残ってないよ」

「そうなのー？」

折角おいしいものを食べられると思ったのに、残念。

お店の奥から、女の人の声が響いてきた。

「俊太ー！　早く閉めて、仕込み手伝って！」

「ちょっと待ってー！」

店番の少年は振り返って叫んだあと、またあたしに向き直った。がっかりしているあたしの顔を見て、うーんと唸る。

「なにを買いにきたの？」

「おいしいもの」

「お惣菜ならなんでもいいの？　厨房になんか残ってないかな。母ちゃーん！　コロッケかなんか余ってないー!?」

後半はまた、振り返ってお店の奥に向かって叫んでいる。それに呼応して、女の人の声が跳ね返ってきた。

「なあに、お客さん!?」

「そう、ちっちゃい子！　お惣菜ならなんでもいいみたいなんだけど、なんか出せるものある!?」

ふたり分の大声が行き来したあと、奥の厨房から三角巾にエプロン姿の店番くんのお母さん……このお店のおかみさんが出てきた。彼女がカウンターの中から、こちらを覗く。と、背伸びして待っていたあたしと目が合った。

途端に、おかみさんはにっこりと微笑む。

「あらあら、かわいいお客さんだこと。ちょっと待っててくれる？」

そう言うと、おかみさんは再びお店の奥へと引っ込んだ。そして手に小さめのパックを持って、すぐに戻ってきた。

おかみさんの持つそれを見て、店番の少年が怪訝な顔をする。

「え、それ？ そんなの……」

「いいの、ほら退《ど》いた退いた」

少年は困惑していたが、おかみさんは自信満々だ。少年を脇へ避けて、カウンターからひょいと、パックを差し出してきた。

「かわいいお客さん、これでどうかしら？」

そのパックの中身が目に入るなり、あたしは思わず、ぴょんと飛び跳ねた。

出汁の染み込んだ、香ばしくて優しい匂い。かわいい三角の形、きらきら潤んだ、柔らかなこんがり狐色。

「それ、大好き！」

「え、これ？」

少年がびっくり顔で聞き返した。

「それ、年越し蕎麦のトッピングの……油揚げだよ？」

「おあげ、好き！」

あたしはおかみさんからパックを受け取って、また飛び跳ねた。このほんのり漂う出汁の匂いがたまらない。軟らかそうな表面は出汁をたっぷり含んでいて、今にもかぶりついてしまいたい。

あたしはパックを大事に持って、お惣菜屋さんの親子に頭を下げた。

「ありがとー！」

今日は最高の日だ。おいしいお芋も食べたし、お友達にも会えた。その上、大好物まで貰っちゃった！

神社に向かってスキップする。カランコロンと、下駄が上機嫌に歌う。

あたしが立ち去る後ろでは、お惣菜屋さんの少年が、カウンターに肘を乗せていた。

「たしかに、うちの母ちゃんが作る油揚げはすっげーうまいけど……それだけで食べるの？　蕎麦に載せるんじゃなくて？」

「いいんだよ、あの子は〝そういうの〟だから」

「そういうの？」

「そ。いい機会だから、俊太も覚えときな」

ふたりの会話が、遠くに聞こえる。

「時々、この町には神様の使いが遊びに来るんだよ。ちょっといたずら好きでマイペースな、ちょうどあんな感じの子」

いる。

「あれ？　俊太、見てなかった？　さっきの子の尻尾」

歩きながら、あたしはハッと振り返った。隠したつもりだった尻尾が、また飛び出している。

「でね、それが来たら、油揚げを出してあげるの。そうした家は、神様のご加護で繁栄するんだってさ」

カランコロン。下駄の音が、真冬の町に響く。

「まあ、私もここへ嫁に来てだいぶ経つけど、初めて見たね。本当にいるのねえ」

「ふうん。でも、なんで油揚げ？」

「昔っから、狐には油揚げ。さ、仕込みに戻るよ」

神社に戻ったあたしは、社の屋根に飛び乗った。振り返れば、夕焼け色に染まったかつぶし町が一望できる。長い長い石段の上の神社、特にその屋根の上となれば、この町の中でもいちばん景色のよい場所だ。

傾いた夕日がかつぶし町を照らす。夕日色の町並みの真上を、鳥の影が通り過ぎていく。町の向こうに見える海は、日の光を浴びてきらきらと乱反射していた。

「きれいー」

「はあ、神様の使い？」

眩しくて目を閉じると、瞼の裏まで真っ赤だった。

輝く町を望みながら、油揚げを頬張った。ほかほかの軟らかいお揚げから、甘めの出汁がじゅわっと染み出し、口の中に溢れる。ああ、なんて幸せな気分だろう。

「おあげ、この町、大好きだなー」

ついつい、そんなひとりごとまで洩らして。

近いうちにまた、神社を飛び出して遊びにいっちゃおうかな。そんなことを考えて、油揚げを頬張った。

あとがき

このたびは。「おまわりさんと招き猫」をお手にとっていただき、誠にありがとうございます。植原翠と申します。

この物語は、下町商店街のおまわりさんと不思議な猫の、なんてことない平穏な毎日のお話です。彼らを取り巻く町や人、それから人ならざる者？　との、のんびりした時間を楽しんでいただけたら幸いです。

この作品において、人間も人ならざる者たちも、お互い適度な距離を保っています。町の人々はおもちさんを放っておいているし、小槇は不思議がりながらも深追いはしません。おもちさんも、人間に絆を求めたり、誰かひとりに懐いたりしない。意識的に、あるいは無意識的に割り切っているのかもしれません。

人間同士も、人間以外のものとも、一生の長さ、生きるために必要なもの、いろんなものが異なります。ひとりひとり違うから、価値観を共有するのが難しい。だからこそ、相手を思いやる気持ちが大事なのではないでしょうか。相手の言葉を聴いて、分からないところも分かるところも、受け止める。それが相手を想うということなんじゃないかなあと、そんな気持ちを込めた物語です。この物語自体も、誰かの心に寄り添うものであれたらいいなあと思います。

この作品を本にしていただくにあたり、力を貸してくださった皆様、最後まで読んでくださった皆様へ、この場をお借りして感謝を申し上げます。本当にありがとうございました。

植原　翠

ことのは文庫
おまわりさんと招《まね》き猫《ねこ》
あやかしの町《まち》のふしぎな日常《にちじょう》

2021年10月25日 初版発行
2024年10月20日 第5刷発行

著者 植原《うえはら》 翠《すい》

発行人 子安喜美子
編集 尾中麻由果
印刷所 株式会社広済堂ネクスト
発行 株式会社マイクロマガジン社
URL：https://micromagazine.co.jp/
〒104-0041
東京都中央区新富1-3-7 ヨドコウビル
TEL.03-3206-1641 FAX.03-3551-1208（営業部）
TEL.03-3551-9563 FAX.03-3551-9565（編集部）

本書は、小説投稿サイト「エブリスタ」（https://estar.jp/）に掲載されていた作品を、加筆・修正の上、書籍化したものです。

定価はカバーに印刷されています。

本書の無断複製は著作権法上での例外を除き禁じられています。

本書はフィクションです。実際の人物や団体、事件、地域等とは一切関係ありません。

ISBN978-4-86716-196-8 C0193
乱丁、落丁本はお取り替えいたします。

©2024 Sui Uehara
©MICRO MAGAZINE 2024 Printed in Japan